**支持单位**

成都市文学艺术界联合会

**出品单位**

四川师范大学文学院
成都市李劼人研究学会

# 四川新文学大系

## 诗歌编 ·第四卷·

| 总　　编 | 王嘉陵　刘　敏 |
|---|---|
| 副总编 | 张义奇　曾智中 |
| 本编主编 | 段从学　王学东 |
| 副主编 | 邱域埕　蒲小蛟 |

四川文艺出版社

**图书在版编目（CIP）数据**

　　四川新文学大系. 诗歌编：共四卷 / 王嘉陵，刘敏总编；张义奇，曾智中副总编；段从学，王学东主编；邱域埕，蒲小蛟副主编. — 成都：四川文艺出版社，2024.8

　　ISBN 978-7-5411-6545-0

　　Ⅰ. ①四… Ⅱ. ①王… ②刘… ③张… ④曾… ⑤段… ⑥王… ⑦邱… ⑧蒲… Ⅲ. ①中国文学—现代文学—作品综合集—四川②诗集—中国—现代 Ⅳ. ①I218.71

　　中国国家版本馆 CIP 数据核字（2023）第 216283 号

SICHUAN XINWENXUE DAXI·SHIGEBIAN（DISIJUAN）

## 四川新文学大系·诗歌编（第四卷）

总编　王嘉陵　刘　敏　副总编　张义奇　曾智中

本编主编　段从学　王学东　副主编　邱域埕　蒲小蛟

出 品 人　冯　静
策划组稿　张庆宁
书稿统筹　宋　玥　罗月婷
责任编辑　陈雪媛　张雁飞
封面设计　魏晓舸
版式设计　史小燕
责任校对　段　敏　付淑敏
责任印制　桑　蓉　崔　娜

出版发行　四川文艺出版社（成都市锦江区三色路 238 号）
网　　址　www.scwys.com
电　　话　028-86361802（发行部）　　028-86361781（编辑部）

邮购地址　成都市锦江区三色路 238 号四川文艺出版社邮购部　610023
排　　版　四川胜翔数码印务设计有限公司
印　　刷　成都东江印务有限公司
成品尺寸　148mm×210mm　　　　　开　　本　32 开
印　　张　40.125　　　　　　　　　字　　数　810 千
版　　次　2024 年 8 月第一版　　　印　　次　2024 年 8 月第一次印刷
书　　号　ISBN 978-7-5411-6545-0
定　　价　218.00 元（共四卷）

# 编选凡例

一、本书收录 1915—1949 年间的四川籍诗人及非四川籍诗人寓居四川期间创作的现代新诗。

二、本书所谓川籍诗人，包含两种情况：第一是本人出生地为四川者；第二是虽出生于外省，但后来定居四川者。

三、极个别生平无法考辨，但从刊物出版等情形，可断定为川籍诗人者，亦酌情收录。

四、本书所说的"四川"，包含当时曾经是独立存在的行政区域，中华人民共和国成立后并入四川的西康省，以及当时属于四川，但现在是独立行政区域的重庆市。

五、酌情收录通俗新诗作品，但不收录同时期的古体诗、散文诗和民间歌谣。

六、对成就知名度较大，且其诗作出版流传较为广泛的诗人，挑选稍严，以收录精品和代表作为原则；对知名度不高，但确有特色的诗人，则稍为放宽尺度，以便反映现代四川新诗创作的历史面目和成就。

七、部分曾在 1949 年之前发布新诗作品，但主要成就和影响集中在 1949 年之后的当代诗人从略。

八、除了少量因故未能找到初版本者，本书选录作品，以最初发表或出版的版本为依据。部分原刊字迹模糊者，也从单行本或其他版本转录。

九、原书、原刊字迹不清等特殊情形，以页末注释等形式加以必要的说明。

# 目录

# 孙　滨

| 作者简介 |　孙滨（1912—2000），四川江津（今重庆江津区）人，原名凌文思，笔名凌静、凌离、凌丁等。全面抗战之前，在宜昌、重庆等地的报刊上发表新诗作品。1939年底赴延安学习和工作，参加战歌社活动，在《国民公报》《新华日报》《文学月报》《抗战文艺》《诗创作》等报刊发表大量诗作。中华人民共和国成立后，在天津工作和生活。著有诗集《一个年青女人的故事》《新世纪的呼声》《山川海洋集》《竞赛着的人们》等。

## 遥寄大青山

在北中国，
大青山的雄姿，
横贯着绥定，
在那里的中华儿女们中啊！
有你，同志！
你们的头颅热血，

巩固着那儿的孤傲的堡垒。

大青山外的漠野，
蒙古的兄弟们
在马上
健康在驰骋着。
向南望
祖国正在被烧焚，
祖国正在被摧毁，
愤怒的火焰
在你的胸膛内，
你越想起了仇恨。

你以英勇无比的姿态
走出了长城；
脚迹踏遍了
卓资山、乌兰花、武川、萨拉齐……
从没有思过家、
贪望一眼南方、
打击了敌人
从归绥，包头，固阳卷来的包围。

北漠虽是荒凉，
战斗的耕种，
肥润了荒河，
明年会是一片蓊郁，
多谢了敌人的践踏。

啊！那样迢遥的边塞，

你钢铁的身躯，

跟随着敌人，

将追到兴安岭，

渡过鸭绿江，

和高丽的兄弟们握手……

原载 1939 年《青年生活》第七期

选自 1939 年《改进》第 2 卷第 2 期

## 鸡毛信

深黑的夜，

浓密的雪，

呼啦呼啦吹着的风，

人们都围住火坑；

屋子外：

　　　风会吹去耳朵，

　　　脚冻掉在雪上。

滹沱河早已结了冰，

冰雪上有豺狼的脚印。

熊椿在火坑旁，

和妈妈谈着游击队：
他是个青年农人，
太老实了一点，
十个钱都数不清。

啪！枪声，
从溽沱河上
穿过深黑的天空，
穿进这村庄，
警告着人们都要小心
敌人是残暴的野兽！

"我们不怕，
妈妈，游击队厉害，
鬼子不敢来。"
熊椿很镇静的安慰着；
妈妈的眉毛皱了皱，
问是什么枪声。

"熊椿！熊椿！"
门外有人喊，
熟悉的声音，
他知道是张五爹来了。
张五爹灰白的头发上
压满了雪，
气还没喘定的
"信！信来了"。

就把信给了熊椿。

这是紧急的公事，
一封信上插三片鸡毛。
熊椿立刻撩起衣角，
套上靴。
"妈妈！我去送信！"
牵匹小马，跳进了，
深黑的夜。……

啪！又是枪声。
但，妈妈相信游击队，
鬼子不敢来，
静静的守住火坑，
等儿子回来。

雪在浓密的下，
风在呼啦呼啦的吹；
太行山，铁的城堡，
有谁攻得破呢！
鸡毛信在夜里飞驰。

一九三九、二、二。
选自 1940 年《抗战文艺》第 5 卷 4-5 期

# 我们活跃在生产战线上

一

太阳回来了
太阳从南回归线回来了
太阳像母亲似的
惦念着寒冷的北方

在北方
山林迎接着太阳
河流迎接着太阳
村庄迎接着太阳
原野迎接着太阳
而且都是亲热地
露着微微的笑脸

延水在冻涸的时候
人马在河上来往
——响过一阵阵的驮铃
现在延水解冻了
畅快地流着
闪着鱼鳞样的白光

太阳回来了
大地的怀里
增加了温暖
鸟开始了歌唱
草开始了萌芽
兽类开始了追逐异性

人们在暖炕上
听着了延水的响动
开始离开了暖炕
走出了窑洞
走上了田垄
怀着一颗轻松的心
"选种呀
播谷鸟都开声了"

把猪牛放出栅栏
把羊群赶上山
捻起锄头去挑选种地
地下的冻结也融化了
散着清鲜的芳香

延水上新居的一群人
——像天上的一群星
他们是更亲热的
迎接着太阳

太阳照耀着他们
太阳带给他们新的工作
一年一度的生产运动
像春风似的吹动了
这高原上的二百万居民

二

我们迎接着太阳
迎接着××××的生产号召
阿宁叫："老徐
生产的时候到了
生产时要放下书本"
老徐也是农民之子
刚从大后方来的
可是有十年不曾捻过掘头了
现在是忐忐伲伲地向往着

通讯小组报告了
我们参加生产——
一千九百八十亩荒地
六十头羊
二十头猪及鸡子……
女同志在后方工作

开荒的声浪
慢慢地

像延水的歌
随着春风吹进了
每一个角落

走进了我们的厨房
在铁锅的单纯的声响里
穿插着许多新鲜的谈话

朱大眼睛是青年的炊事同志
他有火一样发光的活力
朱大眼睛叫："×××，生产啦"
那×××是个怪癖的挑水夫同志
只把朱大眼睛战睨了一眼
朱大眼睛猜不透那×××的心
又找着了正在切菜的和尚头
"对"，和尚头说
"生产啦，开荒啦，
这是边区的一件大事"
因为他已经参加过两次生产了

"四月八来四月八"
老鬼在灶背后唱起小调
他去年才来延安府找生活的

三月十四日上午
我们刚丢下早饭碗
口哨在山上叫了

"集合开会
开生产运动大会"

一排窑洞前面
坐满了一大堆人
迎接着太阳
兴奋的脸上闪着光

朱大眼睛也偷偷地立在人背后
他看见运输队的麻子也参加了
杨主任报告
××××的生产委员报告
"对!"朱大眼睛默默地点头

学生会响应
各队代表响应

挑战开始了
挑战书像雪片
挑战的声浪像黄河

农业专家出现了
铁工匠出现了
朴实的农民啊
蒙古小鬼
在人们眼里像小皮球
也勇敢的应了战

独脚的同志参加了文化娱乐工作

朱大眼睛按捺不住了
心跳动着
因为麻子都响应了
粗大的喉咙挤开了大眼
"保证按时吃饭
保证不吃生饭"
迎着一片掌声
他的话就冲出了口

生产班长改作生产战士
学习班长该作政治战士
每班挑选突击员组织突击队

昏蒙蒙的油灯下
生产小组会开始了
"生产第一
生产第一"
"延长五分钟
延长一刻钟"
夜渐渐深了
每一个细小问题都要咀嚼到
要安顿下胜利

三

热的手扛着冷的掘头
迎接着太阳
延水上
女儿们的歌声欢送着
这不是易水
这是活泼泼的延水呀
歌声在薄雾的山沟里荡着
歌声在愉快的心上荡着

这雄壮的队伍
像奔赴战场似的
走过延水
走上山岗
沿途留下歌唱

山岗上
有深密的草丛、荆棘
有野兔、山羊、四脚蛇和鹿……
掘头摧毁了草丛、荆棘
摧毁了野兽们的家

掘头掘开了三十年的老土
犹如掘开了
三十年的茅台老酒的坛盖

新鲜的土壤迎接了

人类新鲜的汗粒

而又吐出

新鲜的芳香


山岗上展开了战场

使用新的战术

运动战呀

游击战呀

包围呀

突破呀

化零歼灭呀

分头兜剿呀

没有一分劳动力浪费

没有一个人偷懒


班与班竞赛

分队与分队竞赛

加油呀

冲呀

坐飞机

不做乌龟尾巴

掘头的光

在太阳里

闪过山沟


"喂！洋包子

赶上去，赶上去呀"

洋包子是上海人

上海人把麦苗当韭菜的

然而在黄河北岸

经过了两年的战斗

他是健壮了

他学会了

凤凰三点头

老虎大翻身①

洋包子会出洋相

会唱洋歌

会跳舞

"洋包子!

掘头重吗?"

洋包子参加了突击队


突击队长是个山药旦

门牙都快脱完了

"红缨枪，

我们来比一比!"

红缨枪是他的浑名

他笑了

"比一比吗"

他的门牙不关风

---

　　① 晋绥一带农民掘土的术语，掘土的进程中，先在两边掘开一锄，再掘当中
的一锄，这样就是"凤凰三点头"，掘的功效较大。锄头高举过头，就叫"老虎大翻
身"，掘土较有力，较深。——原注

字音也咬不明白

红缨枪
是山西省农救会的秘书
山西在……的时候
他差点丢掉了脑袋
"险呀"人们听了说
"不怎样"他说

突击班长是个大胖子
因为他是工人出身
我们都叫他
"血统工人"

他常常脱光了上衣
肥壮的臂膀上
露着精致的刺纹
"突击呀，血统工人"
他宽板板的脸上
粗大地笑着
也滴着粗大的汗粒

血统工人
又是一个音乐家
他会编曲子
他的口琴更吹得妙

"血统工人
来一个呀!"
他刚放下掘头
头上还冒着热汤汤的气
口琴又从口袋里取出来了

血统工人
是我们的劳动英雄

"同志们"
队长站在土台上报告
"昨天
五十七队开二十四亩
五十八队开二十八亩
我们的队只开二十三亩
我们的掘头还多些呀
我们的人数还多些呀"

"乌龟"
"乌龟队"
大家的脸色都变了

"突击! 同志们
我们要突击!"
突击班的同志们像发了狂
掘头构成火网
向着荒土围攻

"小鬼，突击呀！"
小鬼们也沉默了
脸上滴着大颗大颗的汗

掘头队像旋风似的歌唱
我们要胜利
我们要坐飞机

## 四

我们的"活宝"真有趣
他使上劲来
挖一下
喊一声汪精卫
挖一下
喊一声日本鬼子
挖一下
喊一声"××××"

大家都笑了
他说——
在动员会上
王首道同志不是说
"×××××。"

学习木刻的同志们

用掘头砍倒了枣树
枣木是木刻的好材料
"刻一幅生产战线吧"
天才的艺术家点点头
接受了编辑先生的要求
他摸出了铅笔
对着这现实的生活
立刻打好了图样

第二天的壁报上
他的木刻刊露了

"小胖子，你呢?"
小胖子是从艺术学院来的
他的心也跳动了

这群劳动者的姿态
一起一落的掘头
新鲜的土壤，原野
辽阔的天空
和跳跃着的人们的心——
他的汗手
已经捧着粗劣的画夹
粗劣的铅笔
在飞速地素描

而音乐家呢

"谱一个曲子
血统工人"
血统工人客气
叫阿宁谱哪
阿宁说不敢当
血统工人的旋律
已经荡在心上了

血统工人的曲子谱成了
血统工人唱着
阿宁唱着
大家都唱着
旷野上荡着了
从它的心脏里吐出来的新声

诗人躺在新的土壤上
敞开白皙的胸脯
迎接着太阳

山鹿在对面的山腰散步
野鼠在他的脚下逃跑
新的感情在他的心上滋长

是的，诗人写了许多诗篇
"人类第一次的劳动
就是文化的开始
轻视劳动的人

才是罪恶无疆"
在前天的晚会上
他向我们朗诵过了

呵！诗人的手皮也打起泡
而且是流血了

壁报像后方的
广播机在广播着
生产战线上的消息

通信员像野鼠似的
躲在掘头的阵营里
收集着新闻

广播着劳动英雄
广播着数目字
广播着文化余兴

通信员又像春耕鸟
报告着人们生产的季候

开麦拉也走上了
这荒凉的山岗

镜头吸进了
无数开垦者的画片

给小鬼拍一个
血统工人拍一个
开麦拉在嚓嚓地发笑

## 五

同志们，加油呀
杨主任上山来了
胡松同志上山来了
军事干事上山来了
用突击来答谢他们的慰问

欢迎杨主任唱歌
欢迎胡松同志唱歌
欢迎军事干事唱山西梆子
他们都笑了
大家都笑了——拍着巴掌

"喂！小胖子
你尝到饭的味么"
小胖子不懂这话的意思
洋包子说是女同志烧的
哈，哈，哈，哈……

女同志烧的饭
又干净　又香　又甜……

女同志替我们补衣
替我们烧开水送开水

我们的人病倒了
女同志就做了看护

她们是刚走出厨房
又走上了
太阳照亮的山岗

女同志像朵朵的花
开在这荒凉的山上

欢迎女同志唱歌
欢迎女同志跳舞

我们喝着女同志送来的开水
像喝着人参汤的愉快

女同志报告时事
女同志唱歌了

里凝是女同志中
最幼小的一个
小小的白脸上
留着浅浅的笑涡

"欢迎里凝再来一个"
里凝闪亮着杏眼儿
唱了一曲开荒小调

里凝的家在山西
里凝的家被敌人蹂躏了
里凝的爸爸也在××工作

"亲爱的生产战线上的同志们"
女同志们的慰劳信来了
学生会的慰劳信来了
学校的慰劳信来了
"友军"的慰劳信来了①

同志们！我们突击
用数字来答谢他们

延长一刻钟
延长半点钟
太阳快落土了
虽然腰酸了
臂肘痛了
七孔塞满了泥砂
在愉快的胜利的声浪里

---

① 对其他的生产单位的队伍而言。——原注

新参加了"国际友人"①

"国际友人"是英勇的
挥着锄头
突击着——

"国际友人"有许多玩意
每一个人都像万花筒的活跃

欢迎"国际友人"唱洋歌
欢迎"国际友人"出洋相

土壤做了舞台
笑破肚子的戏呀
美丽的秧歌舞呀

口琴声卷在南风里
越过了山头
越过了延水……

# 六

我们回来了
我们战斗了三个礼拜

---

① 在各个生产单位的队伍里挑选出劳动力强、文化娱乐有兴趣的同志组成，
再分到各生产单位的队上去突击，去鼓动突击的，叫"国际友人"。——原注

我们回来了
正如我们走出时
迎接着太阳
胜利的回来了

我们都是愉快的
像母亲产下了孩子
——我们完成了生产计划

虽然面孔是晒黑了
手皮上长了厚茧
被野刺撕破了衣裳

延水上新开垦的山头
真像一群新生太阳的婴孩

正如一个通信员说的
我们还要多多的哺养呀

延水洗净了泥沙
抖一抖身上的疲倦
我们迎接着了××××的号召
我们迎接了太阳

宰了三条猪
盛大的晚会上
燃起了野火

——野火冲破了夜的黑暗

我们围绕着野火

欢狂的跳着，唱着……

一九四〇，四，一一。

选自 1940 年《文学月报》第 2 卷第 1-2 期

## 散　歌

一天的工作完了

小鬼在地下

用干枝画着数目字

学着最初级的算术

一千，一万，十万，百万……

非常高兴的背诵着

刚才同志教给他的读法


太阳还有薄薄的余光

在地下燃烧着

小鬼被燃烧着——

小鬼蹲在地下

像发热的金矿


而同志们也都停止了学习

停止了工作

快乐的唱歌

快乐的叫喊

立刻像旋风的急袭，

每一个人都像胜利的得意。


一点都不拘束的

无论男女

抱着腰就跳舞

跳的身上出汗

跳的眼睛昏花了

然而休息一分钟又重来


当大家正跳得起劲的时候

小鬼也抛开了算术的练习

吵着跳着要参加

要人给他拉一次"黄包车"


而你怎不出来

你孤独的一个人

读着那样厚厚的一本一本的书

水笔在纸上不断的写——

你读了又写

写了又读

于是，你的胸脯微微发痛

你时常叫着失眠，

做着许多不应该做的梦

而你最爱一个人去

最幽僻，最无人去的地方

坐在地下慢慢地咀嚼着

那样许多

那样意味深长的回忆

或感叹于什么

有人在呼叫你

你说你最怕吵闹

你要运用思想

你要创作


而你常常在这个时候

就要想起你的"想当年"

你对人谈起

那些日子

你干得多么的轰轰烈烈——

你的行动是激烈的

你的言词是激烈的

你的心

在激烈的燃烧

你竭尽了一切的努力

在为着革命的事业


同志

我老实的告诉你

你们都该给我滚出来

在这广大的操场上

任随你们干些什么
大家都在一起
纵然就是谈神谈鬼
像那两个平常最不爱活动的老同志
他们燃着旱烟
坐在那里
谈着无所不谈的话

比如
我们行军过后
谈一点笑话
唱一支歌
然后再走
而且更走的快

不要说你什么都不会
就是一阵咕哩咕叭
也是发笑的资料
正有人时常提起
听不会唱歌的人唱歌
格外的有趣味

呵！这是什么鬼话
跳舞碍眼

跳舞是公子哥儿的消遣
听说过吗？
鹰在天空翱翔

蛇在地下忌恨的毒骂着

这是很好的比喻

是的

我们都有更重大的课程和工作

我们都准备了更大的决心来吃苦

但，现在

我们应该像一群狮子的跳踏

一群乌鸦的吵叫……

一九四一，一〇，二四

选自 1942 年《诗创作》第 8 期

## 土地的来历

祖父在年青的时候，

实难喂养着他结实的肢体

与刚强的意志。——

一天，

他忽然看准了，

这里从没有人问过的野地，

暗地里拖一把锄头，

向这里走来，

先赶跑那些野雉，山羊，蛇蝎……

砍开密封着的藤刺，

和不成器的丛木，

用火烧光野草，

就在上面盖起茅屋，

开一条小径去通，

即通到很远很远的地方去的大路，

从岩隙里取来饮水，

破锅里煮起红苕，

或野菜，黑豆……

他亦开始了新的生活。

这是耕种的时候，

他比太阳还起来的早，

就在屋侧的生地上，

使用着高度的力气，

去掘开那僵硬得，

像石头的地皮，

身上的汗粒像榨油的滚滴……

而，当黑色的泥土

在他的锄头下翻转过来，

他是怎样的喜悦呀！

一派鲜润的气息，

直透过他的心脏……

他就像野兽的

在这新开的土地上住下，

时时都听着野兽的啼叫，

和鸟雀的歌唱，

而他却是沉默的，

他要用至诚的热情

去效忠于土地，

把它翻过来了又翻过去。

在他睡眠的时候，

也恋恋于它，

给他的新鲜的慰藉。

而在风砂袭来的时候，

天地都混沌了，

他的眼睛也不能睁开，

严冬的雪，

像崩滚的迎头扫来，

冷气砭入肌肤——

肌肤也裂开了

直快要裂开心脏，

或者太阳的蒸晒，

像烈火之于朽木的，

舔着他那像腊肉的背脊，

这气候的磨折，

没有使他悲哀，

仍只是用悲情的眼睛，

每早起来就希望着土地，

那种子的嫩芽

终于冲出来了，

而嫩芽长成了，

开花了，结实了，

直到他愉快的去收割。

冬去了春来，

春去了秋来，

他的辛劳，

稍稍有了一点蓄积，

于是，他想起了女人，

想起了儿子，

（花开了要结果，

果熟了要蒂落。）

在他再也不能

依留于土地的时候，

他叫来那也像他忠实于土地的

并且忠于他的儿子，

再把那已经不止

重复的说过了一万遍的话，

再说一遍——

叫他不要忘了这土地的来历，

爱惜它。纵然

仅是细微得像眉毛的一点边角，

也要像自身的血肉的，

不要让它被什么糟蹋，

而至于荒废。

儿子禀承了父亲的意志，

儿子的耕营，

复从浅涉的河里，

用砂泥筑成很长很长的堤堰，

引水来灌溉，

野地上搜捡兽粪来下肥，

土地是越渐丰沃，

麦荞，高粱，红苕，花生……

无论就是哪一样菜蔬，

每季都生产的那样美满。

而那条大路，

已经铺上了铁轨，

——在这宽阔的原野上，

更新添了像蛛网的马路，

涌到那个比蜂窝还闹热的城市去，

火车像风电的奔驰，

半天的工夫就可回转，

于是，他可把剩下的产物，

交给火车带去，

而火车也给他带来了

很多的用品和知识——

现在，他也应该把父亲的意志，

传给后一代的时候了，

他有时也像父亲那样的噜苏，

——怎样爱惜土地，耕营土地，

孙子是没有疏忽的，

而也确能效忠于土地，

只是不知怎的，

新的灾难忽然降临了，

从海上闯进来强盗，

强盗的兵车，像穿山甲的奔跑着，

人们都像沸水的滚跳，

而激起了那愤怒的风暴，

儿子的手里捻着红缨矛，

孙子背上了洋枪。……

选自 1943 年《战时文艺》第 2 卷第 2 期

# 孙　鸥

|作者简介|　　孙鸥（？—1929），四川人，笔名以泊等，生平不详。曾在成都大学读文科预科，作品主要发表在李劼人主编的《新川报》副刊上。1929 年病逝。遗作辑成《以泊》出版。

## 心弦的鼓荡

鼓荡的心儿，
何为这般不宁；
忘掉了什么，
找不着归宿。

爱人何处寻，
生命何所归；
大洋中的浮萍，
任你东西漂泊。

爱恋，

圣洁的爱恋，

的确要受时间空间的限制么？


男女，

天真的男女，

的确有性别呢！

怎的偏要装扮出虚伪的面孔，

画起鸿沟。


早知人间有这样森严的律令

那你真不幸运了。


天上的安琪儿，

是多么美丽，活跃，柔爱。


归来吧！

心儿，

别在□跳，

须知这□□□□□界。


选自 1927 年《新川报》副刊第 225 期，署名以泊

# 孙 望

| 作者简介 |　　孙望（1912—1990），江苏常熟人，原名孙自强，字止畺，笔名盖郁金、河上雄、鲁尔等。1931 年就读于省立南京中学商科，开始新诗写作。1932 年，参与组织洪荒文艺社，在《国民日报》编辑《洪荒文艺周刊》。同年 9 月，考入金陵大学文学院。1934 年，与汪铭竹、常任侠、滕刚等人发起"土星笔会"。抗战爆发后，任职于国民政府资源委员会。1943 年，到内迁成都的金陵大学担任教职。曾主持编辑《诗帆》《中国诗艺》等诗刊。中华人民共和国成立后，在南京师范大学任教。著有诗集《小春集》《煤矿夫》等。主要著述收入《孙望集》。

## 车 站

旅客的心是动荡不安的，
像一只小木船，
动荡在江河里。
旅客徘徊在车站上，

旅客栖止在车站上，
车站是旅客心上的江河。
迢迢的，迢迢的
一望无穷尽的长途，
也是旅客心上的江河。

车站辐射着
向各处伸展出去的公路，
车站是公路的出发点；
车站集纳着
从四面八方投射过来的公路，
车站是公路的终点。
整天喧嚷着的
人声和车声呀，
你吞食了车站的宁静了！

除了深夜，车站有片刻的安息，
它是永远在喧嚷中的。

三十年三月，于重庆。

选自孙望：诗集《煤矿夫》，正中书局，1943 年

# 初　夏

初夏，小牛的泥蹄，

浸润在水田里。
初夏的水田，
像嵌上玻璃的窗格子，
一格又一格，明净地。


小牛的影子倒映在水面上，
于是它第一次窥见了
那两只美丽的触角。
它磨动那张开阔的嘴巴，
用常日吃草的姿态
想去接吻它。


小牛鸣嗥，
有一道美丽的蛮声。
那是：
晚色快要侵袭到水田的时光了，
它看见，一队载运着军火的牛车
辘辘地，
辘辘地，从远处过来；
辘辘地，辘辘地
又从近处拖远去。


不知道前线紧张的小牛，
它的泥蹄，
仍然浸润在水田里。
它慢慢地抬起头来，
看看天，

它是在等候着主人的接引了。

初夏，农村的晚色
比日景更可爱。
看牛犊随着主人
缓步走在田塍上，
我起一种神秘的感觉。

一九四一年五月五日，于渝。

选自孙望：诗集《煤矿夫》，正中书局，1943 年

## 路

路，
平铺在大陆上。
横的路，
纵的路，
交织着。
交织着，
像是一个
联通大陆的蜘蛛网。

你是大陆的大动脉，
交织着。
车辆爬行在公路上，

长长的路，

行不尽的路，

川流着，

循回着，

这周转在血脉里的血轮呀！


有桥梁来接引你，

有渡船来接引你，

有隧道来接引你；

你翻过山，穿过山，

你涉过河，涉过江，

大陆上，路，

已不再有你的障碍了。


路，你平铺在大陆上。

像是一幅

四通八达的蜘蛛网。

选自 1942 年《文艺先锋》第 1 卷第 3 期


## 十一月的重庆


十一月，

重庆是多雾的。

填塞了

城市与天空的间隙的浓雾呀，

对面的群山，

对面的楼房，

全在你的

　　灰白色的帐幔下掩蔽了。

十一月，

重庆雾，

人们都把"伦敦雾"来比拟你。


重庆还是暖和的

虽然市郊一派的乔木

　　已告诉我们：

　　"冬天就在眼前了!"

但十一月的重庆的市民，

却更见得活跃的。

在雾里，

在压积着雾的街市上，

重庆，

　　像春一样的繁荣起来了。

走在市间的男人和女人，

也如同春色

　　愉快地

　　落上了他们的脸颊。


中午的雾，

在暖和的十一月的阳光下消解了。

重庆，

于是又面对着青天。
但当"晚色"
　慢步走来的时光，
重庆又在雾里了。


十一月的重庆，
并不太冷的重庆，
雾的重庆，
"今天没有警报了！"
你可以想象到
　有无数无数的人
　在这样的欢喜着。
十一月，
重庆是多雾的，
重庆是活跃的，
重庆是走上了
　新生的道路的。


三十一年七月十一日改作，于重庆。

选自孙望：诗集《煤矿夫》，正中书局，1943 年

# 孙跃冬

|作者简介|　　孙跃冬（1922—2009），山东济南人，原名孙耀
东，曾用名孙骏、江帆，字旭明，笔名丙丁、黄河滨、跃东、采
薇等。1936 年进入省立济南一中。抗战爆发后，随校辗转西迁
四川罗江，就读于国立第六中学并开始诗歌创作。作品散见于
《笔阵》《抗战文艺》《诗创作》《现代文艺》等刊物。1942 年，
与杜谷、蔡月牧等人在成都组织平原诗社，出版诗丛刊《涉滩》
《五个人的夜会》，同时加入中华文艺界抗敌协会成都分会。1944
年，与谢宇衡等人组织并出版诗刊《山谷诗帖》。同年，又与杜
谷等在四川大学发起组织"文学笔会"。著有散文《无名树》，杂
文《怪现象》，散文诗集《昨夜的花朵》，诗集《心灵的抒情》，
小说《春耕》等。

## 淘金者

汹涌的江水唱着壮歌，
带去了你多少岁月。

每日把身躯拖到江岸，
辛苦的冲淘，工作……

辛苦的冲淘，工作……
从星空的清晨到星空的黑夜，
从幼嫩的身躯到衰老，
你没有劳苦，没有寂寞……

你没有劳苦，没有寂寞……
有阳光陪伴你，吻你，抚摸你，
有古老的泥沙围绕你，
你在泥沙中拣选发掘！
呵，你辛苦而伟大的淘金者！

你熟悉你的家具，你的工作。
你更熟悉世上繁杂的物质，
那些该存留，那些该毁灭！

那些该存留，那些该毁灭！
来冲淘吧，伟大的淘金者！
在我们艰苦斗争中淘去废物，
把坚强的力量留给新生的祖国！

选自 1943 年《诗》第 4 卷第 1 期

# 泉

从地层的深处渗透出来

从岩石的细到看不见的缝间流淌出来

从地球的心脏，从火焰的浆液

流淌出来，流淌出来……

泉啊，再细再微弱的

从一滴到一滴

聚成一条河

流成一道江

以毕生所有的力量钻凿开矗立万仞的化石

以滴水聚成的力量造成万马奔腾的瀑布

泉呵，历史正等待你的创造

泉呵，我们的人民正像你

呼号着，奔腾着

以辟山开岭的力

奔向大海汇合

三十七年一月

选自 1948 年《诗创造》第 8 期

## 到阳光的下面去

一

——"妈的，好天气！
　　一准有警报……"
太阳出来了，
太阳撒下一片金黄。
跳出云海的狂涛，
穿过浓雾，
太阳骄傲的笑。

那娃儿脱下短短的衣裤，
在阳光中又唱又跳。
那推车的汉子，
索性把背心也脱掉。
那大街上店铺的伙计，
推出装货的四轮车，
"妈的，好天气！
一准有警报……"

（还记得吧？
敌人夸口的大话：
太阳出来了

日机出来了……）


二


——"为了昨夜人们的殷
　　　　　　　望，
我仍然来临……"
我们爱太阳，
爱温暖，
爱光……
我们不怕日机，
不怕你胆怯的蝇子，
嗡嗡在我们头上。


（我们更广阔的土地，
炸吧！
炸下坑，
明天雨后我们好播种。）


太阳没有看到胆怯，
懦弱的哭泣，
灾难，
杀戮！……
太阳看到的
是田野里
碧绿的叶素，
汗水下

紫红的皮肤。……
（旧的灭亡
新生起始！）

太阳仿佛招呼着，
"不管你咒骂，
你哭，……
为了昨夜人们的殷望，
我仍然来临，
给他们安慰，
给他们光。"

三

——"孩子们，
到我温暖的怀里来……"

呜——呜呜
呜——呜呜
电笛在叫喊，
太阳在招唤。

"灾难来临了！
孩子们，
到我温暖的怀里来……"

到阳光的下面去！

走啊！

坐在厅堂里的老祖母，

别再摸索。

守在深院里的母亲，姐姐，

别再噜苏

小弟弟，

——我们的幼弟

走啊！

到阳光的下面去。


大老板，

别挺着肚皮吧，

坐上车子走。

（哟！还拉载上货车。

物比人值钱？

货物是用汽油运来的，

保存我们的实力。）

走！到阳光的下面去！


## 四


——我们要学习，

　　不放过

　　　每分时光！


在阳光的下面，

我们相遇了。

忙公事的伯伯，

整年不出门的姥姥，

父母姊妹⋯⋯

不论你是谁，

不论你住在哪条街道，

今天是好机会，

大家认识吧。


太阳的爱，

没有厚薄，

宫殿里的王后，

街上的乞者，

他照着你

一般温热！


太阳把我们照顾。

太阳把我们抚摸，

像慈爱的母亲，

母亲却又不能常在身边伴着，


"谁撑伞？

放下来！汉奸"

让亲爱的太阳吻我们吧，

给我们印健康的印鉴。

苍白色，

病夫的标帜，

多难堪！

太阳衷心欢愉着说：
"我的孩子们！
一年三百五十六天，
我都出来，
却很少见你们的面！"

田野发出笑声说：
"我的孩子们！
吸着我的血乳过活。
多少年来，
都没有见着面，
吻过你们的脚！"

大家不要偷闲啊！
在这有阳光，
有风，
有禾苗的地方，
我们要相识，
我们要学习，
不放过，
每分时光！

这是稻子，
老伯伯，
吃了一辈子香米。
也还不认得吧？

这是玉蜀黍，

小弟弟，

五月吐须，

六月熟，

七月玉米赛珍珠。……


有风不转，

无风转，

能戽水，

灌稻田。……

——这是水车。


落花生，

是根生，

花落生花生，

八月成熟，

六月就下种。


不怕风，

不怕雨，

就怕阴天。……

不能晒米。……


不论你干什么职业，

不论你在战斗中

站在哪个岗位，

多得一点知识，

就像多了一件宝贝。

今天啊，

让我们感激阳光吧，

阳光把我们召唤，

召唤来让大家相识，

召唤来与田野相遇，

召唤来向自然学习！

太阳啊！

我们爱你……

## 五

    ——看啊！

   都变得更红更黑了……

   每个人的皮肤……

呜——

呜——

电笛在召唤，

太阳道晚安。

太阳在临睡前嘱咐着：

"归去吧，孩子们！

不要怕夜的黑暗，

明晨我又将回来！
在我的光下，
我把你们改变，
变得很康健，
知识更丰满！
对我，
不要畏惧啊！"

归来的路上
大家又谈起话儿，
你长
我短……

也谈着学习的心得，
那是落花生，
那是稻米，高粱……

孩子们跳着，
拍手唱：
"五月吐须，
六月熟，
七月玉米赛珍珠！"

老伯伯掀起胡须笑着，
老母亲露着空空的牙床笑着，
大家的脸上，
都在笑着……

看啊！

都变得更红更黑了，

每个人的脸，

每个人的皮肤……

选自 1942 年 9 月 15 日《国民公报》副刊《文群》

# 田家英

|作者简介|　田家英（1922—1966），四川成都人，原名曾正昌。抗日战争爆发后到延安，先后在陕北公学和马列学院学习，后留校执教。中华人民共和国成立后，历任中共中央办公厅副主任、中国科学院哲学社会科学学部委员等职。参加《毛泽东选集》（四卷）等书的编辑工作。著有长诗《不吞儿》，杂文《奴才见解》《从侯方域说起》《沙漠化的愿望》等。1987 年《田家英文集》出版。

## 不吞儿（存目）

# 田　野

|作者简介|　　田野（1923—2009），四川成都人，原名雷观成。1941 年开始诗歌创作。中华人民共和国成立后，历任《湖北文艺》《桥》《长江文艺》编辑。著有诗集《爱自然者》《路》《航海者》，散文集《台湾脸谱》《相思曲》《挂在树梢上的风筝》等。

## 泥土的插曲

在风雨侵蚀的破屋角
我
找寻出支发锈的古猎枪；
在柴门口，
披着阳光，
仔细地将他磨练，
枪机上，
我牢牢地扣上仇恨，
偎在怀里，

寄托无限的深情。

子夜，
屋外的风，
正刮得紧。
这时，
我的心像是呼啸的风。
我背上
磨练新了的土枪，
冲出了柴门。
海正在远方怒号。

我，
驰骋
在广漠的原野，
日里，
我顶着炙热的太阳，
夜晚，
我撑着凄凉的月亮。
行列的吼声，
赛过临别时的海。
三年
我阔别了，
祖父遗下的锄头，
田地上的
春草定高过人头。
父母的坟茔
伴着黄昏的寂寞，

破老的寒舍，
撑着一天的哀愁。

一个蛙鼓怒擂的黎明，
我
站在紧闭的柴门前，
倚着那支土枪，
凝神眺望：
映山红开满山颠，
杜鹃一声声地催耕
原野上，
幻灭了往昔忙碌的情景。

天际，
横过神圣的行列，
我
抖去浑身的风沙，
跑下高岗，
向古屋道一声：
"尊重!"
田野上，
消失了
一个为
泥土斗争的情影。

选自 1941 年《诗歌与木刻》第 6 期

## 夜游神

一切的光和亮
拒绝夜游神之来访
黑暗之魔鬼说
来啊
我们为你预备着歌唱

魔鬼颜面角狰狞
露齿一笑
却有亲切之感
当鬼们歌了
歌声何其凄凉

你的名字叫魔鬼
魔鬼与我同被弃于人间
一切的光和亮
如夏夜之闪
而我们的世界何其广且长

我们的世界何其广且长
那最黑最黑的地方
乃有歌声最凄凉
怯怯的星光去吧

我们有无数之鬼眼蓝

行走于太阳之下者
拖着幻测之影
其偕我以同游
魔鬼之歌声凄凉
却有亲切之感

一九四三，三，二十六

选自 1943 年《新动向》第 73 期

# 王光祈

｜作者简介｜　王光祈（1892—1936），四川温江（今四川成都温江区）人，字润玙，笔名若愚。1908 年，考入四川省城高等学堂分设中学堂。1914 年考入北京中国大学，学习法律，毕业后在京做记者、编辑。1918 年，与李大钊等人共同发起组织少年中国学会。1920 年赴德留学，研究政治经济学，兼任《申报》《晨报》的驻德特约记者。1922 年转学音乐。著有《中国音乐史》《中西乐制之研究》《西洋音乐与戏剧》《东方民族之音乐》《中国诗词曲之轻重律》等。

## 哭眉生（有序）

雷眉生是我的好朋友，是中国的好少年，是少年中国学会最忠心的会员，不幸于去年十二月十四日在东京病故了！可怜他才活了十九岁！他的意志十分坚强，他的才思异常富锐。如今他虽是死了，我们更应该努力向前以实现他的理想。因为"少年中国"的新生命，全靠我们少年创造，全靠我们少年继续不断的奋斗。眉生是上了第一战线殉命了。我们站在第二战线上的，应该立刻补上第一战线去，我们早晚都是要牺牲的，不要伤心。

民国八年八月十二日午刻，眉生灵榇由日本运归北京。我到车站上接着他的灵榇，叫了几声眉生他半声也不答应。莫奈何将他送到陶然亭畔去了！我在那萧萧芦苇的声中，做了几句哭他的诗。

（一）

眉生！记得我们去年相别时，

  你说，"我们再见，当在巴黎。"

  如今我们又相见了，

  还是在少年的中国？

  还是在理想的巴黎？

（二）

眉生！记得去年七夕的夜半，

  我们在陈愚生家中相见。

  你说："今晚席上，只有我们两人的心酸！"

  我当时戏答道："你的心酸，与我什么相干？"

  如今回想起来，

  真令我十分心酸！

（三）

眉生！记得我们去年创办学会，油印规起。

  你扶病而起，面白如雪。

  我们都劝你道："眉生你歇歇罢，不要太劳乏了！"

你说："我将为最后的奋斗，

我将作最先的牺牲，

即或今日便死，死后还要帮助诸兄。"

（四）

眉生！你理想中的"少年中国"，

何时才可以造成？

"少年中国"的眉生，

何时才可以复醒？

眉生！你今日已成了我的死友！

我只有抱着"少年中国主义"，一步一步的往前行走。

选自1919年《少年中国》第1卷第2期

## 去国辞

民国九年四月一日，光祈与少年中国学会会友魏嗣銮陈宝锷同行赴欧留学，又有会友涂开舆前往星加坡从事教育，共乘法船Paullecat由沪出发。四月五日，舟过香港，遥望数点青山，罗列海岸，因念去国日远，特制短辞五章，为舟中同人陶情励志之用。辞中用语，多系本会同人素日用以互相砥砺者。此辞更得湖南姜君为之制谱。每当夕阳西下，海波不兴，同人辄斜倚栏干，歌此一曲，以度海上寂寞之生涯。九年四月七日，王光祈。

山之崖，海之湄，与我少年中国短别离；
短别离，长相忆。
"发挥科学精神，努力社会事业"，
惟我少年，乃能奋发。

山之崖，海之湄，与我少年中国短别离；
短别离，长相忆。
"不依过去人物，不用已成势力"，
惟我少年，乃能自立。

山之崖，海之湄，与我少年中国短别离；
短别离，长相忆。
"只问耕耘如何，不问收获所得"，
惟我少年，有此纯洁。

山之崖，海之湄，与我少年中国短别离；
短别离，长相忆。
"欲洗污浊之乾坤，只有满腔之热血"，
惟我少年，誓共休戚。

山之崖，海之湄，与我少年中国短别离；
短别离，长相忆。
愿我青春之中华，永无老大之一日，
惟我少年，努力努力！

选自 1920 年《少年中国》第 1 卷第 11 期

# 王亚平

|作者简介| 王亚平（1905—1983），河北威县人，原名王福全，笔名罗伦、李篁、白汀、亚平等。1932 年，与袁勃等人创办《紫微星》文学杂志，次年加入中国诗歌会河北分会，成为河北分会的主要负责人。曾主编北平版《新诗歌》、青岛《现代诗歌》等杂志。全面抗战爆发后，创办《高射炮》诗刊。1939 年，从战地辗转到达重庆，与在《新华日报》工作的诗友袁勃、戈茅等人组织了春草社，编辑《春草集》《春草诗丛》，参与主编《新蜀报》副刊《蜀道》等。著有诗集《都市的冬》《生活的谣曲》《血的斗笠》等。

## 生活的谣歌（组诗）

### 一 悲哀

很久了，我曾把悲哀
投掷到思想的大海

像一颗砂粒，悠悠地
沉下，永远浮不起来。

## 二　仇恨

生活，在我心灵里
隔一道忧郁的篱笆，
从这忧郁的呼吸里
听到我仇恨的声音。

在窒闷的防空洞里，恐怖
像一把锁，嵌住人们的心房，
我从慈母的脸色上
发现了人类的仇恨。

在前方，我吻过一个伤兵同志的
渍着污血的刺刀
从那血腥的气味里
我发现仇恨的价值。

## 三　烦闷

我爱一曲真实的乐音，
让它久住在我底心上
解脱我淤积的烦闷。
是一阵突来的风暴，
袭漫黑沉沉的原野。

是爱人轻细的韵声，
诉说着黎明的梦想。

是骤雨似的马蹄，
踏过晨光冷清的街心。

我爱一曲真实的乐音，
愿它久住在我底心上
解脱我淤积的烦闷。

## 四　生命

一只白色的小鸟，
从绿色的原野飞来，
她鼓起丰美的翅羽
飞过波浪，飞过砂滩，
飞落在我底心上，
她说：有生命的地方，
　　　就有欢悦。

一匹病瘦的战马，
从遥远的沙场归来，
她垂下苍乱的鬃羽
走过沙漠，涉过冰河，
她说：有生命的地方，
　　　就有悲哀。

一头红色的甲虫，
愤怒地爬出土层，
她露出美丽的头角
爬过森林，爬上山岗，
仰望着温暖的太阳，
她说：有生命的地方，
　　　就有希望。

## 五　自由

我敢说，谁都热爱着你，
假如他不是天生的残废。

尽管你，偷躲在冷漠的荒野，
或沉没于苦痛的迷河，
我们寻觅你，像走倦了的
旅人，寻觅他安适的旅栈。

有了你，人类才有希望，
谁敢盗取你的名字
向世界散布罪恶的谎骗，
那就是你的，也是我们的仇敌。

为了你，哲人苍白了头发，
年青的脸上，叠起了皱褶，
即便最珍贵的鲜血，头颅，
也情愿牺牲，没有一点迟疑。

"生命服务于自由"，
自由给生命渲染了光彩。

一九四三年，三，十八，渝
选自 1943 年《时代生活》第 1 卷第 3 期

## 匕首篇

### 一、孤独

深夜，我紧张
孤独的心情。

我嘲笑，马桶边
鼠类的号叫。

窗外的风雨，
带走了我的疲倦。

我听见黎明的脚步，
那么迅速，又那么沉重。

### 二、爱

我亲近了你，

因为我懂得了仇恨。

苦痛的毒箭，
残害了我的身体；
却没有损伤到你，
你深藏在我的生命里。

我永远愿为你服役，
不要求你的报偿。

## 三、希望

像充满了爱力的手，
你紧贴在我的心上。

我感到你的温暖，
在我的血液里荡漾。

你喊我，笑眯着眼睛，
你说：“来呀！前面有光。”

我追赶你，忘记了疲倦，
从来不哭泣，也没有懊丧。

一九四三年三月二十八日，夜。

选自王亚平：《生活的谣曲》，未林出版社，1943 年

# 王怡庵

| 作者简介 |　　王怡庵，生平不详。浅草社成员，曾参与编辑《文学旬刊》。作品多见于《浅草》《沉钟》《创造季刊》《文学旬刊》等报刊。抗战时期，曾在成都从事话剧和文学活动。

## 一朵玫瑰

昨天她们游花园，
他赠她一朵玫瑰：
她便藏在书里，
印在心上。

夜来下了雨，
把园里的花，都打在泥里，
暮春很得意的；
却不知跑脱了一枝玫瑰。

选自 1922 年《创造季刊》第 1 卷第 1 期

## 可爱的秋

金冕一样的菊花，
在我窗前灿烂；
壁上草笼里的蟋蟀，
联弹着赞美萧飒的乐歌。
斜风零乱的细雨，
飘入了蓝色的窗幔——
这是可爱的秋呵，
又来到了江南。

昨夜我梦见了我的母亲，
也梦见了我的爱人——
她们说："可爱的秋又来了，
我们预备欢迎她罢！
他是会感动旅人们思念故乡的。"

可爱的秋呵！
你有美人娇颊似的海棠，
你有白玉一样的月儿，
你有秋云的颜色，
你有虫声的音乐，
你是艺术的收成者呵！

满贮着清秋之味，
在我这壶浓茶里。
我立在楼头品茶，
西风向着我憨笑。
楼外花枝低桠里，
竹叶儿不住的飘摇。

我要学陶靖节，
去东篱去采菊；
我要学宋玉，
泪洒西风——
我要想白昼飞升，
上天去骑着长虹。

天上的秋月晶明，
恰像她的一对眼睛——
我两年没有见她了，
痴望着月儿，
也不觉得清冷。

天河的流水泠泠，
透出了一片清芬，
我在长虹的桥上，
拾了几片落叶——
晚风吹过了白云，
我想起了我的母亲。

母亲呵！

我三年没有见你了，

你也听见蟋蟀的音浪？

你也看见了菊花的光芒？

你也望着了白云？

你也看见了可爱的秋呵！

她同着你的儿子，

飞行在飘渺的天上。

一九二三，九，十五。

选自 1923 年《浅草》第 1 卷第 3 期

# 江 边

池上的草已经半绿了，

我们捡草多的地方坐下——

都披着和煦的阳光，

静静的望着白云变化。


风把沙土扬起，

模糊了沿江的远景；

江水起了微波，

微波上现了许多曲折的帆影。


泊船里的小姑娘，

唱着没字的儿歌；
她放了她的木人儿，
去看那水边的一群白鹅。

选自 1923 年《创造季刊》第 2 卷第 1 期

## 别　后

一

"我们是几片白云，
浮沤在晶莹的天境——
秋风吹过江南，
白云也漂泊不定。"

二

花香散了，
琴声歇了，
寂寥的心情，
都压在别后的小桥。

三

三年的游迹，

时时荡入我的眼里：
同游的人儿！
你们可能记忆？

## 四

远了远了，
流水细细的声音，——
"白云呵！
你可能再来相迎？"

一九二三，十二，二一，在上海送别如稷，静沉，竹妹，六姊幼云以后。

选自 1923 年 12 月 6 日《文艺旬刊》第 15 期

# 王余杞

|作者简介| 王余杞（1905—1989），四川自贡人，笔名王余、李曼因、余杞、隅棨等。1921年到北京求学。1924年入北平交通大学读书，开始小说创作。先后在北平交大《荒岛》《北平日报》、天津《国闻周报》、上海《奔流》等报刊发表文学作品。1928年与朱大枬、翟永坤合作出版《灾梨集》。曾主编《当代文学》，与劭冠群、曹棣华等人合办《海风》诗刊。1938年回自贡任《新运日报》主笔，并在《文艺月刊》《文艺阵地》《抗战文艺》等大后方报刊发表作品。中华人民共和国成立后，任北京铁道学院经济研究所副研究员、人民铁道出版社编审等职。著有长诗《八年烽火曲》，诗集《黄花草》，短篇小说集《惜分飞》《朋友与敌人》《将军》，长篇小说《自流井》《急湍》等。主要作品收入《王余杞文集》。

# 四万万人的仇恨
## ——长诗《全民抗战》第一章

四万万人的仇恨，

　　海一样深，

　　大海淹不了，

四万万颗跳跃的心，

　　血热到沸腾；

四万万双眼睛闪出火，

　　死盯着当前那唯一的敌人。

听，是四万万人激忿的呼声：

　　"我们要求战争，

　　　争取生存，

　　　　　保卫和平；

　　战争！

　　　战争！

　　　　战争！"


再没法忍耐哪，

　　转眼就是六年

　　算从"九一八"的那一天。

六年的时间谁还说短？

　　况又是"九一八"的重演！

鲜血写成七月七：

惨痛的"七七"!

  伟大的"七七"!

历史的新页于今执笔：

  敌人给我们开了篇，

  仍待我们来完成篇；

那"七七"

  看似是突然的事件，

  其实呀，

    才一点也不偶然。


刚巧在一九三七这一年里：

  欧洲的强国全给弄得眼昏花，

  只瞧见那里的西班牙，

  虽不一定就卷进漩涡

    可心下总有点儿瞎害怕，

  美国胆更小

    ——因为她是有钱人家。

  封条贴上正义的嘴巴，

  舆论直成了孤立派的天下。

  眇着眼睛偷望下远东，赶紧摇头：

   "唔，唔——

    随它去吧!"

或是好打不平的还数苏联，

  三次的经济计划

  不差，使她飞跃地成功强大。

  只可惜空前的党案正苦着她，

   肃清内奸

（他们长是和敌人勾搭）

一时扰得她自顾不暇。

这么样就方便了海盗的子孙

兴风作浪在太平洋！

奈何她先天不足，

心高力不强：

世界原料的价格飞涨

致命地，首先是工业遭殃，

工资减少不仅威胁工人，

不景气的狂潮

财阀们也都着了慌。

农民们

辛苦一年不得一饱

到冬来还得去买米

（那是昨天刚卖了的）

买米来给没粮的儿女充食粮。

不安！——

动乱！——

彷徨！——

对策医内创

冒险朝外闯

对外原是治内的有效药方！

那药方！

曾用在"九一八"，

"七七"再来试一下：

"七七"无异"九一八"！

"七七"真像"九一八"！

"七七"无异"九一八",

"七七"真像"九一八"：

那前番——

　　问题在东西四路围困着南满；

而这番——

　　同样地，津石铁路引起了谈判。

前一次——

　　侵略的进行，借口是实弹演习；

这一次——

　　诚心挑衅也赶着实习而开始。

前回的人——

　　有人一直待在北平；

这回的人——

　　有人抽身躲到乐陵。

但是，历史决不重复，

昨天原不是今天：

　　"九一八"以不抵抗而屈服，

　　迎接"七七"啊

　　　　却以英勇的抗战而开端！

　　　　　长期战，

　　　　　　消耗战

　　　　游击战

　　　　　短兵战

　　　　——全民抗战！

怎么的呢——从前不比如今？

　　"九一八"以来

积累的血债
不敢想啊——想起叫人痛心！


"九一八"——那耻辱的象征：
　　辽，吉，黑
　　变颜色；
"——八"，闹天津；
"一二八"，战沪滨；
国联调查团空来走一程，
　　洋洋洒洒的报告，
　　　　远不逮嫩江桥上的大炮声。
"满洲国"新制出儿皇帝，
　　敌骑直下承德城；
万里长城上鲜血淋淋
　　——蘸着血签下了塘沽协定。
　　又是冀东，
　　　　又是察北，
　　华北还要"明朗""特殊化"。
"提携亲善"，盘踞在内蒙；
百林庙啊，民众拥着战士向前冲。
　　高丽人
　　　　卖白面，
　　海河里的浮尸难计算；
　　浪人沿海扰福建；
　　藏本舍不得死，
　　　　"失踪"饿困在紫金山；
　　在郑州，又破获了间谍总机关。

成都事件，

北海事件，

一件紧接一件，

叫人怎不瞪眼？

年青人最勇敢，

年青人最真纯；

狂热地激发了广大的学生群。

走出课堂，

走进工厂，

走入军队，

走向田庄；

"起来，不愿做奴隶的人们！……"

从心底喊出一派忿怒的吼声。

听吼声——

（还因为西安事变归于和平）

太平洋上的强盗才蓦然吃一惊。

团结

统一

建设

准备……

这不下手就会悔迟，

来哪，

一片血光里显出两个大字：

"七七"。


四万万人全站起来了

一个巨人，

四万万颗心凝结系紧了

　　一颗赤心，

四万万分力气都使出了

　　一支伟力。

巨人凭着赤心，

赤心使出伟力；

　　消灭当前唯一的敌人，

　　铸造民族的最后胜利。

争取生存，

　　保卫和平，

涮洗四万万人的仇恨！

选自 1942 年《笔阵》新 4 期

# 吴 视

|作者简介| 吴视（1914—1982），湖北黄陂（今湖北武汉黄陂区）人，原名吴传佑，曾用名吴清如，笔名方闻、一方、吴视等。抗战时期在《大刚报》《力报》《国民日报》发表新诗、散文和剧评。1943 年参加民主运动及郭沫若领导的文化界革命活动。1946 年，在重庆加入中国文艺协会。中华人民共和国成立后，曾与劳辛、柳倩等人在上海组织上海诗歌工作者联谊会并任常务理事兼理论批评组长，同年加入中国文学工作者协会上海分会。1954 年到北京中国曲艺研究会工作。曾任《诗刊》编辑。著有诗集《大陆的长桥》等。

## 山城的侧面

从几百步的石梯上
我穿过那阴湿的城墙边
那用竹竿撑起的吊楼
那臭水凼

那渣滓堆

从江水退落的沙滩上

我穿过那些披着芦席

盖着稻草的棚户

而迎接我的竟是一片浓雾

我就是个画家

也不能描画这山城的侧面

这样破烂的侧面


好像昨夜晚

世界给变换了方向

那些把小轿车

开进上半城，开进下半城

它们像猛虎在冲撞着的市区里

那些高大的建筑——

把污丑奠在甬道底下的楼房

把金银嵌在玻璃窗户的楼房

那四面八方连环的高山

在冬季，天天挡住阳光照射的高山

仿佛是在昨夜晚

都给变成了无边的海滩


难怪许多年青人

常常失望地诉说：

"这里摸不着希望！"

你躺在雾里的山城啦，

那报上吼着打开新世纪的大门

你听不见
在那不远的地方
重炮没有停止轰响
你也该听见了

嘿，你山城
混沌呀混沌
我向你江心投掷一颗石子
同时向你
瞪着我被冷风吹红了的眼睛
我底血液
也和那洄流一样
在愤怒地翻滚呵

躺在两条江流中间的山城啦
你真像只损坏了机件的海船
舱底破漏的海船
正迷失在雾海里
渐渐靠近雾海的险滩里

当那些伙伴们在吆喝
当他们把身子完全倒下
两脚尖踩着沙土拉纤
我就越发要把自己的声浪
流进那被重压着的吆喝里面
我是向你沉重的呼喊着——
山城，你醒来哟！

你还熟睡着，熟睡着

你在做些什么荒唐的梦呀？

一九四四年冬，渝

选自臧克家主编：《中国抗日战争时期大后方文学书系》

（第6编：诗歌），重庆出版社，1989年

## 我经过大陆的长桥

那些在小白旗下

散布着不成行列的小队

忍着饥渴

冒着雨汗

在无光的岁月里

在悬崖绝壁中

培修这座大陆的长桥

多么孤野的

西南公路呀

像司机手上的轮盘样

团转地迂回着

这真是劳动力搓成的绳子绊住那些

摩天的大岭绊住那些

沉默的山腰

那些个自然的堡垒

披着野草的外装
一座又一座
像无尽的坟场
那开岔的山垭
漫吐几口薄云
像是漫吐出一些
压在地底层的积郁
千年的积郁呵

阳光为什么不从那
V字形的缺口
滚进这里来呢
我恨不得从那缺口
伸去一只探摸的手
我仿佛听到车轮碾过的回声
你"看这不能垦殖的山地
你看这中国大陆的荒原哟"
听不见野雀的叫声
却还看得见行人践踏过的脚印
像刚才那几张土色的脸
他们胆小地驮着扁担
从车旁闪过
我恨不得告诉他们——
山的儿子，路的母亲
我恨不得向他们喊出来：
"撞出这难得看见田坂
难得看见池塘的深山"

这是又一次的早晨

我们乘坐的木炭车

像那些赶露水的驮马一样吁喘着

当车子爬行在那

像长桥似的弓背上

我从车窗口仰望着天

像望着海一样地迷茫

是浓雾在远山近谷里弥漫

好像要把这阴霾的世界遮断

是浓雾在远山近谷里弥漫

像洪水般在滥绿的荒芜里

从远古便一直荒芜着的山国

无边地泛滥

好像要把这愁惨的世界

冲得个翻身，打滚


行走在中国人民自己开辟的路上

行走在中国人民创造的奇迹里

多少回冲过那陡溜的下坡

我像骑着战马样

狂勇地冲撞

每当那"急弯"的路标飞向车前

我不把它当作另一种警告：

"前后有虎狼，两边是山沟百丈"。

每当弯过那木牌

就仿佛那当作栏杆的石头

有一块是从我肩头卸下
喇叭也好像轻松地报道：
"那前面便是坦途了"

选自 1946 年《诗歌月刊》第 3、4 期

# 夏　渌

|作者简介|　夏渌（1923—2005），浙江杭州人，原名王先智，笔名王水、岑秀、忻之、焰子等。1942 年考入四川省立教育学院中文系，参加学生爱国运动和进步文艺活动。曾与冬池合办《民主文艺》，与禾波合办《诗激流》等，出版诗集《钟声》。中华人民共和国成立后，长期任教于武汉大学。著有古代笔记小说选《斗虎故事》《学习古文字散记》等。

## 白庙子

白庙子是一个黑色的国度，
在那里，矿工弯着腰杆，
在阴深幽暗的洞底；
掘取他们黑色的生活。

躺在炭层用丁字锄敲下煤块。
再蜷伏着像鼹鼠一样。

把炭车推移出来，
像这样遣送他们无边的黑夜。

有一回，水封了洞子，
闷死了十一个矿夫，
有的头上的灯还没有熄，
照着健壮而青黑的身躯。

老板办了酒食
给没有遭难的伙计庆贺，
这叫作"吃鬼肉"啊！
弟兄们欢笑着"吃鬼肉"。

"干啊！干啊！
我们埋了没有死的！"
战栗的手，
把苦涩的酒送到了嘴边。

扭着白发，
拖着儿女，
围着哭跳的
是死者的母亲和妻子

不多久，妇人又默然的
把古老的丁字锄，
交给自己的儿子
送进同一的洞子……

冬天的嘉陵江啊！

清得像苦难的眼泪，

那样悄悄不尽地

从白庙子流下来

选自 1946 年《诗激流》第 1 期，署名焰子

# 江

躺在闪金的河床，

枕着滩岩，

你，笑出了深深的酒涡，

洁净的心里，

只有月光和朝霞。

你为我歌唱些什么？

你说，没有冲激，

就没有波澜，

没有战斗，

也没有生命，没有诗！

江啊！

我假使有过一个情人，

那便是你。

原载 1946 年《诗激流》第 1 期

# 谢宇衡

｜作者简介｜　谢宇衡（1926—2001），四川罗江（今四川德阳罗江区）人，原名谢凤鸣，笔名谢宇衡、陈汀、谢默琴等。野火读书会成员，挥戈文艺社成员。1944 年，与孙跃冬等组织山谷诗社，并出版诗刊《山谷诗帖》。1948 年，毕业于四川大学中文系。中华人民共和国成立后，在成都大学任教。著有诗集《血的故事》《爱底旗》等。

## 桑荫下

像是一只巨大的手
——太阳
将宇宙投入了
　　那沸锅般的
　　炎热的季节里

树叶

发出了破碎的呻吟
雀鸟
也逃奔得无踪
是躲在那——
哪一个凉爽的世界里去了吧


在一丛齐整的
枝叶欠伸的
像含着睡意的桑荫下
这里——
不知有我多少的脚迹
我似乎数清了它每片叶子
我的
爽快的心灵，在这里拉开
那葱茏的绿色
正如一个严冬的火炉
赐予了我
无限的
知心的温暖


当我离开了家乡，跨入了烈日的领域时
我忽然想起了那可爱的丛荫
像是我唯一的夏之慈母
也许是那温柔的恋人
　　　（我不知道人为什么偏偏要离开了一个赐予自己有温暖的
　　　　人，才深刻地发现他的赐予）
虽然它那懒扬扬的

软摊般的叶子

已被热气摄去了多量精灵

而那

那带有凉风般的绿色风影

却仍是那样汪汪欲注地屹立着

我愿让你

——这可爱的绿色哟

与我朝夕相伴

　　这夏之破坏者呵

　　像扬着那样多骄傲的脸孔

想起了吧

——在这炎热的季节里

桑荫哟

在我遥远的梦中

老是紧紧地徘徊

我握住了你

我跨入了你的怀抱

——虽隔着这重重的风影


　　　　　　　　　　　　一九四〇，七，二，绵阳

选自谢宇衡：《血的故事》，雷叔和发行，1941 年，署名陈汀

# 无　题

## 一

一片焦碎轻逸的秋之落叶；
驶来了我潜着的重重心绪，
负着深绿娇嫩的葱郁清凉；
沉醉于荒草漫天的枯枝里。

## 二

从窗口放出我凄静的目光，
那眩眩的幻成花圈的彩色；
绕嚷而安详的人生的奇化，
和我平坦的心灵无情离弃。

## 三

绮丽麻痹的心踏上了惨境，
炮火烧断人们的梦影纷纷；
拖去糜烂虚恶的中伤的梦，
烽火后面复兴民族的人们！

四

不要老戴着一付虚假面具，
来践踏善良的软弱的灵魂；
回顾一下那丑恶的炮火里，
跳动着的自己子孙的血腥！

一九四○，七，二。
罗江。

选自谢宇衡：《血的故事》，雷叔和发行，1941 年，署名陈汀

## 已破的心

是颓废了吧
那昔年的缨头人
正如春初的积雪
在说它怪样的
悲酸的运命
　　"唉唉
　　　真不堪回首"
他诅咒着
憎恨着
大地上扬起的烽烟
是在揶揄他吧

眨着那样多可怕的眼睛
——星星的火


像要压碎了他的余骸
再添上层层的
苦恼的痕迹
真的要丧尽此身
只好——
用悲哀的余力
来拖住他最后的时间
不管是闷着
千万个青葱的生命
——保存余骸


但是
虽用尽千年的蓄力
也扳不转向前的马羁
一旦"断绳驰奔马"（古句）
就只好让他倒坍


一九四一，二，五。

选自谢宇衡：《血的故事》，雷叔和发行，1941 年，署名陈汀

## 怀乡曲

"我底怀念"之五

我将以什么来怀念你呢？
呵！故乡，
——我童年的摇篮？
你静寞而古老的，
斑白的城堡呵！

让我以过去的憎恨，
——而今的爱抚，
来遥念你——
像我哀悼我早亡的，慈爱的母亲一样；
我怀念你：
  以崇高的，嘹亮的歌唱；
  以真挚的，儿童的心灵；
  以无限多从热泪中跳跃起来的，
  新生底希望；
  以撕碎黑色窗纸的，战斗的手；
  以快乐之象征的，
  如少女般温柔的微笑……
来怀念你，
来怀念你呵！
——你静寞而古老的，

斑白的城堡!

……


呵故乡:

我要问你——

向着静寞而古老的,

斑白的城堡;

　　向着夕阳之下桑林,

　　那桑枝上的,唱着歌的麻雀;

　　向着高高的,

　　号召着全城的旗杆,

　　那旗杆的尖端;

　　向着广场;

　　向着旷野;

　　向着山径;

　　向着你生命的,

　　唯一的脉搏

　　——纹江!

　　　　——那终日终夜咆哮……的纹江;

　　　　那时常会哭,也时常会笑的纹江;

　　　　那年青力壮的纹江;

　　　　那好像永无尽头的

　　　　纹江之流呵!

　　　　……

　　……

我要问,

要问呀:

我苍老的祖母；

我劳顿的，善病的弱父；

我那终日哀苦着的，软弱的姑母；

我的健壮的姐姐；

我的：

生命正在开花的，

一切被我怀想着的，青年的人儿，

……

他们，她们，

而今都安适吗？

……

我要问你呵，

故乡的脉搏——纹江，

你快用轻快的声调回答我吧！


——你要回答我呵！

要把你底声音放在和风的手里，

让它交给我。


而我更要问你呵，

纹江！

——你故乡底脉搏：

我的那些朋友——

那些终日持着粉笔的朋友：

终日持着画笔，打着键板，拉开喉咙高唱的朋友；

终日在桌边埋头号着"等因奉此"的朋友；

终日奔跑着，流着汗，喘着气的朋友；

终日抱着书本的朋友；
还有：
还有彷徨无所的朋友；
无聊的朋友；
也更有喊着"喊，老哥，去按八圈吧"的，
有"战士"尊号的朋友；
提筋唱牛的朋友；
……
都请告诉我吧，
你故乡的脉搏呵！
用更亲切的，
洪亮的声音告诉我吧——
好的该已更好，
坏的该已蜕去他已往的脏衣，
或者，
该已更埋进应死的，黑色的坟墓之中了呵！
……

——你要告诉我呵！
要把你底声音放在太阳底手里，
让它交给我。

我永远都怀念着你呵，
你，静寞而古老的，
斑白的城堡！
而今是炎夏呵！
在你的怀抱，

该是一个美丽的夏天吧！

……


我要喊——

因为我有声音；

我要哭，要笑——

因为我有感情；

我要伸出我强壮的臂膀——

因为我有热，有力！

我要做一个你得意的孩子……

呵！你静寞而古老的，

斑白的城堡呵！

我一直要叫喊到你有年青的日子！

……

一九四二，五，一四

原载 1942 年《新新新闻每旬增刊》第 4 卷第 30、31 期，署名陈汀

# 徐 迟

|作者简介|　徐迟（1914—1996），浙江吴兴（今浙江湖州吴兴区）人，曾用名徐商寿，笔名徐迟、唐瑯、史纲等。1934 年起开始在《矛盾》《时代画报》《妇人画报》等刊物发表诗和散文作品。1936 年 9 月，和路易士协助戴望舒创办《新诗》。太平洋战争爆发后，辗转至重庆。1943 年，在郭沫若主编的《中原》任执行编辑。中华人民共和国成立后，曾任《诗刊》副主编、中国作协武汉分会副主席等职。著有诗集《二十岁人》《最强音》《战争·和平·进步》《美丽·神奇·丰富》《共和国的歌》，报告文学集《歌德巴赫猜想》，特写集《我们这时代的人》《庆功宴》，文学评论集《诗与生活》等。

## 中国的故乡

黄帝的子孙：
我们还记得吗？
我们知道吗？

中国的故乡在哪儿？


中国的故乡在西北，
——我们的故乡，
文化的故乡，
在秦陇盆地，
陕西和甘肃。


在那儿，大地的门户
跟天空一般的高，
在那儿，寒冷的风
挟着黄色的尘土，
吹在高原地的山峰。


怎么，黄帝的子孙，
你们都忘记了故乡？
千年来，忍心让故乡
沦为一平千里的荒凉？
忍心让广阔的田野
自己糟蹋了自己？
更忍心让万里长城
自己坏掉让敌人来张望？


我们应该回到
这荒凉的故乡，
去居住去生活。
假若你说西北是穷地方，

啊，那你一定是从东南来的。
在大自然比人类更丰富的时候
那些靠着海洋的省份，
因为土地富而富有了。
今日却是人类一定能
战胜大自然的时代
最富有的区域
就在大陆的深处。
我看见西北的命运
不久它就是大工业区，
黄帝的子孙要回去，
回去文化的摇篮，
回去中国的故乡。


城头底下有城，
枕头底下有金。
千里的牧场
大队的牛羊。
手伸出来
把玉石采，
回到故乡去
和大自然挑战。
只要做两件事：
在地面上造森林，
在地底下开矿产。
打开所有的矿
采煤，铁，盐，石油……

如果我们离开兰州

向西凉一带前进,

(让山川缩小在我的诗歌里)

我们经过了金矿,

经过了产驴的原野,

产药材的山峰,

经过了煤矿区,

经过了号称"塞北江南"的田地,

经过了产羔羊皮区

经过产马名区,

经过雪水灌溉的沃壤,

经过流川和酒泉,

经过一望无边际的荒郊,

那是产石油的区域。

石油是那么丰富的,

从陕西,到甘肃,

从新疆,到苏联

与苏联的油田相接连

新生代地层,古生代地层,

三层,四层,五层,层层的油。

石油是那么丰富的。


我们抗战的根据地在哪儿?

在西北,在中国的故乡。

我们的反攻的条件在哪儿?

在西北,在中国的故乡。

我们的胜利的基础在哪儿?
在西北,在中国的故乡。

徘徊在殷商的废墟,
空想像秦汉的风气,
千万不要做这样的傻子。
凭吊沧海桑田是感伤,
建设新的西北,崇高的欢乐。

我们要高声地唱:
"到西北去",声入云霄地唱
"到西北去,回故乡去。"
我们要唱,直到
黄帝的子孙,染上了
浓厚的,不能医治的
怀乡病,怀念中国的故乡。

选自徐迟:《最强音》,白虹书店,1941 年

# 徐　放

｜作者简介｜　徐放（1921—2011），辽宁辽阳人，原名徐德绵，字润泽，笔名徐放、柳舒、史渐黎、史向黎、鲁放等。"七月诗派"成员之一。抗战后期到四川，毕业于内迁到四川三台的东北大学中国文学系。1944 年参加中华全国文艺界抗敌协会。1946 年到延安，先后任教于陇东大学、北方大学文学系和华北大学三部。中华人民共和国成立后，任《人民日报》文艺、文教编辑。著有诗集《南城草》《起程的人》《野狼湾》《赶路记》等。

## 妈妈的黑手

又过了阳历年了！
都跑到大门外去看年红灯，
灯红得比血还凶。
回来，
流浪在外边的孩子们
都想起家了！

想家就想到妈，
想起妈我先想起了
妈妈的黑手。

小时候恨妈妈
尤其恨妈妈那双老黑手，
因为妈妈的黑手
曾拧过哥哥的腮帮子，
也拧过我的里胳子肉。

但妈妈的那双黑手：
曾割倒过火红的高粱，
也割倒过金黄的大豆；
还会描龙刺凤呢，
为我做过迎年的衣裳，
也为姊姊们绣过出嫁的花鞋和枕头；
在我不闹和病的时候，
也给过我许多温柔。

我常因为让妈妈打，
哭得鼻涕一把，
　　眼泪一把。
那时我恨妈妈，
我恨妈妈的老黑手！
可是，
妈妈用那黑手已把我抚养大。
而风雨和年月，

竟催老了妈妈，

尤其是那双鸡皮手。

如今，

妈妈的头发上带不住那根铜疙疸簪了！

脸上也刻满了衰迈的痕迹。

牙掉得说话不关风，

眼花得做活纫不上针，

走起路来都幌幌荡荡地。


我还记得：

在小时候，

妈妈常常用手拉着我的手，

和多病的哥哥，

我们是站在黄昏里，

等待在门前那棵老树下；

遥望着，

遥望着，

从南城归来的爸爸。

妈常用手指着，

爸爸骑着的那匹紫枣马，

那马的铁蹄，

在石道上

常踏出了，

我们生命的火花。


这些年

人大了；

就像一只被养大了的苍鹰，
逃出"家"的笼，
让妈妈瞧着飞进了小林。
老人们常说：
"如今晚的孩子不恋家，
就都像些没有笼的马！"
但也知道：
"都是鬼子逼的呵！
什么割命（革命）党，
又是思想犯，
闹得孩子东跑西颠，
一家子大小都跟着不安！"

可是我们这些年青人，
还偏有一个"硬性"！
都学得胆子比天大，
只带着一条身子，
穿一件破衣裳，
拖一双草鞋，
就走过了千重水，
　　　　万重水；
也跨过了千重山，
　　　　万重山。
"从小看大，
三岁至老！"
算命打卦就是只野牲口，
一辈子奔跑江湖不着家。

从前妈常说

还用手指点。

真闯荡得够远，

听声音都咽哑了！

已再唱不出一支钢硬的歌；

连一张脸，

也让风尘给写上了，

一些老意。


回首青春都荒芜了！

还从那里能找回

那些青梅竹马的痕迹?！

孩提，

爱在檐上挂一对蝈蝈笼，

也爱在花架下斗蛐蛐；

每用秫秸当马，

拿木棒做枪，

妈妈还把枪头用手给扎上

一缕缕红缨。

我常和一群孩子占山为王玩，

也常学长毛子造反；

但有时：

也愿装个西厢记里的书生，

在月夜攀树跳花墙；

或捏着拳头瞪起眼，

在学《水浒传》的那些好汉奔梁山。

而今离了家，
冒着烽火跑出了万里路。
在西方，
在祖国绵远的边陲上，
一个没有太阳的地方，
我就像一只风筝。
和家乡，在妈妈的黑手上
永远串系着一条感情的线绳。

又一年了！
说今天是元旦，
都到大门外去看年红灯，
灯红得比血还凶。
回来，
流浪在外边的孩子们
都想起家了！
想起家就想起了妈，
想起了妈，
我先想到的是妈妈的黑手。

写在元旦那一天
选自 1944 年《今日东北》第 1 卷第 1 期

## 起程的人

走过一道街
我送你跨出这"封建之城"
到江边逢船便问
可是都说：
　　"往下水去的船都开啦"
只剩下的是一江水
两岸山
和一天黑云彩

朋友们都留你
说：
　　"再住一天罢
　　　怕今天会有些风雨"
但是你非要走不可
但是你非要走不可
你说：
　　"山高水大
　　　雨暴风狂
　　　这都挡不住行程"

我送你
起初是沉默的

我们迈过了南大桥

爬上一道山坡

又跷上了一道大岭

连我都回头来看看

做一次要走的人的依恋

而你

却不都一回向这江城

瞅一瞅

或挥一挥那粗壮的黑手

你只是走呵

走


我无言

我只听你讲

你说：是因为战斗在招唤

你说：从此再不会寂寞了

你说：那里有好伙伴

　　　　　他们都结实得像牛一样

　　　　　······


然后你又说

你说你怀念关东

你说你怀念那块黑色的土

你说你爱那草原

大马

和瓦蓝瓦蓝的天

你说你爱那高粱地

大密林

你说你爱那长白山头的积雪呵

你说你爱那"铁流"的行列

你说你爱那"十月"的大群

也爱那

秋天的泰加森林里的英雄

你说你不能不走

因为这里没有游击队

······

但天果然是落雨了

依旧是我送你

我们爬上了一座山

我们又翻过了一道岭

你总说：

　　"应该回去

　　　我担心你的身体"

可是我偏爱送你

送你过一个村

又送你过一个镇

我说我们应该找家鸡毛店

或寻一座破庙台

打上他几斤曲酒

对着昏灯

海阔天空

一连讲他个从黑夜到黎明


但我说我还不想走

因为病
因为这里也有着要我们去打击的敌人

可是我们只是走呵
我们不敢停脚
因为前边还有着那无边的路程
因为前边还有着那无边的路程

终于
我们是得分手了
我们都心跳
可是我们无眼泪
你的笑
划破黑脸像开朵铁的花
我的声音发出
也如惊春的雷鸣
于是
握了握手
给你背上包
我说你就走罢
爬过这座高山
再跨过那大岭

然后你就走啦
是顺着
那条泥泞的祖国南方的山夹道
我看你几次的回头

几次的向我挥手

我就喊着说

我像哭了

可是我没有哭

我说：

　　"别回头

　　也别挥手

　　你给我走罢

　　你给我向前走

　　……"

这时候

山被吓出了回声

就是稻麦也像怕得随风低头


回来

我抱着一双破皮鞋

披一身雨

我告诉他们说：

我说你走了

是依旧

穿着那件左开襟的黑大布衫

只背上多了一个小蓝包

手里添了一把破雨伞

仍秃着头

穿着一双旧草鞋

顶着漫天的风雨

说是：

因为战斗在招唤

一九四四年四月十四日

原载诗集《起程的人》，春草诗社，1945 年

选自 1946 年《星火（沈阳）》第 4—5 期

# 徐 訏

|作者简介|　徐訏（1908—1980），浙江慈溪人，原名徐传琮，字伯訏，作家、学者，以写作小说闻名。1931 年毕业于北京大学。1934 年，于上海担任《人间世》编辑。1936 年赴法留学，翌年回国，居于上海。1942 年，辗转桂林、重庆，执教中央大学。中华人民共和国成立后赴香港定居，先后在新加坡、香港多所大学任教，并与曹聚仁等人创办创垦出版社，合办《热风》半月刊。著有小说《鬼恋》《吉布赛的诱惑》《风萧萧》，散文集《西流集》《蛇衣集》，诗集《进香集》《灯笼集》《轮回》，话剧《潮来的时候》多种。

## 无 题

我看过多少人死，
我看过多少人老，
在这短促的人生中，
你难道会永无烦恼。

在这嚣嚣的闹市中，
我整年听人哭，
难道幽幽的墓头，
我还怕求怜的鬼号？

多少古怪的山峰，
隐藏着无底的山谷，
谁说只要有阳光，
终是对世界普照？

你虽有权禁止乌鸦，
在平静的人世间唠叨，
但夜风里的鸱枭，
有多少偷偷地在祈祷？

一九四二，九，二五，渝。

选自 1943 年《时与潮文艺》第 1 卷第 2 期


## 修　行


我往北芒山上去，
要到迪峰去修行，
只因夜色正浓，
我未把路途认清。

天空无星无月，
我怕雨意风情，
我因抬头望天，
践毁了一枝春槿。

因此我在路旁流泪，
为此春槿祈祷，
愿它灵魂成仙，
早我踏上青云。

偏我身旁云片，
说："我就是春槿。
你肯舍弃肉体，
何需前去修行。"

一九四三，六，二一，重庆。

选自 1947 年《东方与西方》第 1 卷第 1 期

# 许 伽

|作者简介| 许伽（1923—1999），四川灌县（今四川都江堰）人，本名徐秀华，笔名徐慢、禾草、石池、柳池等。抗战初期，就读于南薰中学，开始新诗创作。曾先后参加过《战时学生》旬刊社、华西文艺社、现实文学社等进步社团和组织的活动，与友人创办《挥戈文艺》《拓荒文艺》等刊物。1942年考入内迁成都的金陵女子大学，不久奔赴浙东游击区。中华人民共和国成立后，历任《浙江日报》《川东日报》记者等职。著有散文集《母亲河》，诗集《长春藤》等。

## 长春藤

一切都沉寂，
一切都好似没有消息，
只长春藤悄悄地爬上窗子了。

默默地读着歌德，

默默地研究着农民问题，

我心里生起了嫩绿的芽子。

三十三年四月。

选自 1941 年《诗垦地》丛刊第 6 期

## 古城，我爱你

古城，

我爱你！

古城，

我爱你；

虽然你那硬石板上移动着许多软脚。

古城，我爱你；

虽然那些被饥饿烧得发狂的眼睛，

要拼命夺去行人手中的一块小饼。

古城，我爱你；

虽然这长街上，

只有寂寞和阴暗的风景。

古城，我爱你；

你使我开始知道生活。

原载 1942 年《拓荒文艺》第 2 期

选自公木主编:《中国新文艺大系（1937—1949）诗集》,

中国文联出版公司，1996 年

# 严 辰

│作者简介│ 严辰（1914—2003），江苏武进（今江苏常州武进区）人，原名严汉民，笔名厂民、屯日、严翔、严仪、A. M.、安敏等。早期曾参加中国诗人学会、中华全国文艺界抗敌协会。抗战爆发后辗转武汉、重庆，曾在重庆国立编译馆工作，并参加重庆文协的活动和诗歌座谈会。1940 年秋，在蒲风、任钧、王亚平的协助下前往宝鸡。1942 年赴延安，在文艺界抗敌协会从事创作。中华人民共和国成立后，历任《人民文学》编辑部主任、《新观察》主编、中国作协黑龙江分会副主席、《北方文学》主编、《诗刊》主编等职。著有诗集《河边恋歌》《英雄与孩子》《晨星集》《红岸》《繁星集》《春满天涯》《玫瑰与石竹》等。

## 夜 火

夜像丧服一样，
把山城裹得更紧；
而且红的冲天的火焰，

却舐卷得更猛烈。
（纵火的敌机去了，
它遗留下的灾害，
像埋在地底的种子一样，
埋进了我们的心底。
——谁忘得了这份冤仇呀?）


晚风舒展着火的浪舌，
随着它每一次的闪熠，
竹片和木椽在毕剥爆响；
我们的屋宇倾圮了，
都变作烟灰漫天飞飏。


无边的凄厉的号啕，
连烈焰也忍不住抖索；
但是哭声暗哑而低沉了，
只有那曳长的
像在油锅里煎熬的吱吱的声音，
教赤焰一阵阵发绿！
（我们永远不会忘记——
这是怎样一种吱吱的尖叫，
这是怎样一种发绿的火海呵!）


随着褐色的风吹来的，
是毒呛的火药的气息，
是焦枯的瓦栋的气息，
是血腥的焚尸的气息，

是所有无可形容的苦痛与灾难的气息……

——那会令人窒死的气息，

却教我们更振奋而硬朗了。


我们的怨怒的眼睛里是火，

我们的憎恨的鬓发上是火，

我们的嘴里喷着愤懑的火，

我们的胸中喷着复仇的火；

弟兄们——

一致举起来吧，

那正义的解放的火炬。


纵然夜色更浓更紧，

我们却要烧穿它呵，

——烧穿那无耻的罪恶的帷幕。


选自 1939 年《全民抗战》第 72 期，署名厂民


## 垦殖者


无尽的曲折的江流绕抱着，

薄明的雾瘴披拂着，

蓊郁的绿树覆盖着……

这广大而多起伏的坡冈，

是我们大后方的一角——

也是我们所有大后方的一角呵。

在这里
天是阴暗而常青，
坡冈的树木常披离，
不知名的野花多悦目，
不知名的鸟啼多悦耳，
——是不谢的春，不谢的夏。

不错，这儿的季节
是不谢的春，不谢的夏，
但是，这儿的土地
却执拗而顽固，
——但是，这儿的垦殖者
却更顽固而又执拗！
受着一切苦痛与灾难，
他们不懈地开拓，播种……
他们壅泥土筑墙，
他们编柴草盖屋，
他们把床和灶和厕所塞在一起，
让臃肿的白毛猪躺在床下，
而鸡雏絮语在枕边。
他们的生活最简单，
他们的精神却挺健旺。

广大而多起伏的坡冈，
有坚硬的岩石的脊梁；

而我们辛勤的垦殖者，
却有着坚硬的手，
和不倦的战胜顽敌的毅力。

凡曾有荆榛生长的地方，
就有锄与犁的耕迹；
哪儿今天有一株野草，
明天就能变成一株作物。
——于是，起伏的坡冈
成了无尽的梯形的田畴。

站立在高坡向四面眺望，
田原广袤得像是海洋：
蚕豆豌豆泛着紫红的浪花；
高过人头的云苔
耀着眩目的金黄；
而掀涌着绿波的
则是麦秆秧苗与菜蔬……
——犹如一条五色的地毯，
你在这儿找不出荒废的隙缝。

今天，忠诚的垦殖者，
辛勤地哺育着饥渴的祖国；
明天，在建国的途程上
他们仍将是最挺拔的一伙。
他们定然会更执拗地
去开拓顽固的岩层，

"青石皮上种芝麻"，
不可能的事他们偏偏会做！

一九三九，五月于白沙。

选自 1940 年《文艺新潮》第 2 卷第 4 期，署名厂民

# 扬 禾

│作者简介│ 扬禾（1918—1994），山东安丘人，原名牛树禾。
1938 年至 1942 年就读于西北大学，并开始写作。1945 年加入中
国民主同盟，以写诗为主，多发表在《七月》《新华日报》《诗创
作》《文艺杂志》《中国新诗》《大公报》等大后方报刊。1949 年
后历任重庆大学中文系副教授，中国作家协会四川分会专业作家。
著有诗文合集《逆旅萧萧》、报告文学集《龙溪河上的来信》等。

## 骑马的夜及其他（组诗）

### 骑马的夜

石槽边拴下马，
坐在播散着谷香的
　　打麦场；
我一声不响。
扪了发热的额角，

望着北方的天上，
第一颗星星出来。

第一颗出来，
还有
　　　千颗，
　　　万颗。

像千缕，
　　万缕的红络缨，
在林立的枪矛的梢头
　　　披撒。
像千只，
　　万只的灯笼，
在船桅的长杆上
　　　燃灼了。

像千朵，
　　万朵的，
榴花开放！

灿烂的星星们，
眯着绿色的眼睛，
从沾着露水的枝叶，
从隆起的房居的背脊，
　　　喘息着
　　　　　出来！

出来，

　　　照耀着没有月亮的

　　　　　　　夜晚。

我的马呀，

还有长远的路啊。


就是这样的夜晚，

豆秸一样发响的

　　　　星光下，

我曾蜷弓着腰，

在打麦场

　　　打谷，

　　　簸谷。

有枣紫脸的老汉，

　红绒辫的姑娘，

　　　伴着我，

度尽这黄花的九月。


小姑娘，

她给我小板凳坐；

嘴角流出远古的神话，

　　　野生花一样美丽的。

她捉着我的衣袖，

　隔了篱笆，

听月光下园里的胡瓜，

在地上苏苏地爬蔓。

呃，那些日子，
我是快乐的；
老汉教导我
要成个好农人；
小姑娘也答应了
花烛的时辰……
我的马踏着蹄子，
咆哮着，
不再嚼芬芳的干草；
我站起来，
抚摩着它露湿的鬃毛。
因为这回忆，
一时间，
我的心，
悲伤！
马鞍放好了，
我把这些全丢掉；
扬起鞭，
向山根下的
那军营，
急急奔去。

## 寄北方

夜里，
忽拉响着大叶的梧桐，

满窗漂白的月光，

我失眠了；

　　披了衣裳

　　　坐起来

支着头想：


想起了，

那年秋季，

我们练习射击的

　　那一带河岸：

九月的山柿不声不响地

　　　红了，

矮林挂满。


想起了

这时节，

你——

怕是正握了枪枝，

迸着露水，

偷渡敌人的小河。


八月里，

你就出征了；

我敢说，

你什么都带去了，

　　只除了这沉重的别离。

　　　你走，

你没说句柔和的话。


第二年，
又是秋天了：
　　河岸花开得寒冷；
　　　紫的燕渐渐高飞。
朋友啊，
我幼年的侣伴啊，
　　　那一天，
我们能回到故土，
把着手，
　　散步，
　　　在织着甘薯蔓的田垄。
我们的歌声，
又载上那一艇小舟，
　　　嗳，那一天？


朋友，
我一想起了，
　　　你，和祖国，
我的心狂跳；
　　我的希望并没有发冷。
该有这么一天呀，
我和你，
坐在那一条
　　　我们打过水漂的湾巴上，
谈起我们的胜利：

我们的眼睛
眯眯地笑开。


## 写给兰

你忘记我好久了，
　　那天，
我捧着来信，
　　酸楚的眼睛，
　　读不完你一行。


我又回到了童年；
想一溜烟跑到河坝，
偷偷地搽泪。
　　　　是的，
　　　　朋友呀，
　　　　你讲到了祖国；
你是真正地了解了，
这被人欺压的国度。


你还记得啊，
那一幢草房，
藤萝护着的窗户，
我们剔灯，
　　　　温书。
你抬起宁静的眉毛，
眺望着我。

我们的爱情，

　晚溪一样

　　丰富地流动。

我们的心，

　藤萝一般青。


好久，

没有人和我谈到以往了，

我的回忆是低徊的，

　停在浯河旁

　　我们同声唱着的日子里。

而我，

也怎么会忘记了

　你，自由的赞美着；

你是和我一同在农村

　　哭大的孩子。


那时节，

稻子熟了，

在橘黄色醉人的风里，

我迷昏着，

我随脚乱走；

我的回忆是明亮的，

　它映着那条柔泥的草径，

通到细柳，

　和水溪的地方。

那里，

青石桥上，

曾痴心地站着

　　喜爱日出的美丽的我们……


我们是爱惜

　　今日的战斗，

毫无羞耻地，我们说：

　　啊，我是一名年青的兵。

这些日子是珍贵的，

珍贵的是我们的苦痛。


选自 1942 年《诗创作》第 9 期


## 黎明乐队（外二章）


云，

好静呀，

好亮。

太阳的光线，

通红的花束。


早安！你们全体；

我呢，快乐。

我要你第一次的拥抱

共和国！

忠实的手臂，涨起

乌蓝色动脉……

来呀，

生产

计划的年辰！

来呀，农人

和工人的二重唱，

那黎明的乐队！

## 致无数死者

碑碣，

没有一个。

午夜，一点三刻的

时辰。

初夏的庄严的夜晚呀，

垂杨树遮成了绿色帐幔，

啊，美丽的坟茔，

月光灯的照射，和杜鹃鸟

不止的啼声……

假如你们生前能有一人

与我有一次片刻相对，

假如我们不是用言语，

我默默潜入你宽阔的心灵，

请分予我以些微的相似，从你
平凡的面貌和无穷的肃穆之中

使我作一只鸟儿，从你的
胸膛飞出来高吭；
作你的一只手掌当旗
擎在云的近旁。

真理的肢体不伸展在地上，
真理的翅膀就要飞行到天上；
有什么绳索能够捆绑，
太阳它飞扬在天上？

我含了极大的悲愤，
从死者的坟墓移开面孔：
我呢？
他——已经完成！

## 一九四八年之献

悄悄到荒废的庭院，
风落在树枝间召唤。
等到春天呀，三月，
我的墙跟前开了金钟花，
我的绿蔓里开了石竹花，
我的篱笆上开了牵牛花。

金钟花，透亮的杯盏，
太阳在大地摆出来辉煌席筵。
少女们摘呀摘下，
出发到南方的队伍要带去，
一朵在袖口，一朵在襟沿。

满满杯盏青春的祝福，
祝福南方，呈给南方，
把解放过的江南村镇，
屈辱的心灵酌入爱情。

石竹花，宁静的
朵朵，如盹睡的蝴蝶，
在歌儿前面翩翩举翅，
越过光荣的地带北方。

自由的蝴蝶要到处飞翔，
飞过天上地上的罗网，
枪弹不能把它伤害，
飞呀飞到中国的最南疆。

牵牛花，春天的号角，
甜蜜的预言底声响，
低低地，低低传播；
人民的胜利要南渡，
踏过滚滚长江的水波。

把号角遍地吹响吧，

吹透江南赤裸裸的田野，

每一扇门窗要打开迎迓，

哭泣的面孔突然喜悦。

选自 1948 年《中国新诗》第 2 期

## 听说已经解放了那小小村庄

听说已经解放了那小小村庄，

解放了农民的犁耙，

解放了妇女的纺纱机，

解放了私有财产的阡陌，

解放了打麦场舞秧歌的腰肢，

解放了碾房的石滚咕噜噜转快，

解放了寒怯的烟囱那上升的炊烟。

解放了财主的谷仓的泥封门，

解放了生产关系给生产力的锁子，

等到春天迎风儿桃花解放，

解放了呀绿野，

劳动少女的朵朵笑容……

那河沟两旁的杨柳呀，

　　不要垂头丧气了吧。

那黑眼圈的窗口呀，

不再绝望地向远方瞅着了吧！

那里，曾经有什么东西永远压制，
压制着精神不得飞扬，
这就是为什么我要和它离开，
我不曾真正爱过那个村庄，
听说现在已经解放。

等到中国的每一个村庄，
都解放了，
等到梦想的年月，
在全地域来临，
我，一个流落在外的牧歌诗人回去，
回去参加集体农场；
作为播种人又作为歌者，
我要唱出：新的农民和英勇斗争的火花，
我要把一去不返的悲痛的过往，
当作传奇的故事来高歌

四七年十一月，磐溪

选自 1950 年 1 月 3 日《国民公报》副刊《文学新叶》新第 88 期

# 羊翚

|作者简介|　　羊翚（1924—2012），四川广汉人，本名覃锡之，现名阳云，笔名黎茹、羊翚等。1942 年在成都上学，参加了芦甸、杜谷、方然等人组织的平原诗社，开始在《成都快报》《华西晚报》发表诗歌和散文作品。1945 年，肄业于内迁至成都的燕京大学。后响应组织号召，前往中原解放区参加革命工作。中华人民共和国成立后，在湖北省作家协会任职，主要从事散文诗创作。著有诗集《千山万水来见毛主席》，散文诗集《晨星集》，散文集《彩色的河流》，诗文选集《涉滩的纤手》《火焰的舞蹈》等。

## 五个人的夜会

在这里，
在酒店的芦棚下，
有一桩奇遇，
五个刚才还是陌生的汉子，

现在他们一同举起酒杯。


三个铁匠，

才轮流挥舞过铁锤，

把黑亮的胸脯，

放在红红的火光下；

而对面的马夫，

正在抱怨他的马、淘气的马。

他们在这里聚会了，

还有一个老渔夫。


他们争吵着扯开自己的钱袋，

敞开自己的口，

咒骂着，

诉说着可怜的愿望和蠢话：


这个老渔夫想望着有支船，

一支红铜色的大木船，

然后让他的儿子摇桨，摇桨，

摇到他想去的地方……

三个铁匠，

则希望有一爿合伙的店，

而里面是自己的出品。

他们已不愿再打造杀人的刀子，

不管铁锤，镰刀，以及

摩天楼上的钉子，

每一样东西都要发生最大的价值。

而最后，马夫喝完了酒，
说出了他的希冀，最简单的希冀——
他希望他的马永远是这样壮健，
不论过山过水过平原，
不扬一扬鞭子，
一切就称自己的心愿。

这时候——
他们是发言者，
又仿佛是幸运的获得者！

哎，让那一个可怜的渔夫
有一支大木船吧，
让那些铁匠们打造斧头和镰刀吧，
让善心的人作渺茫的梦吧！
他们希望得多么单纯，
他们诉说得多么诚实，
而明天，
在不同的小镇，同另一些人，
他们将重复诉说着：
他们单纯的诅咒和希冀。

选自 1947 年《诗创造》第 3 期

## 乡土集（组诗）
献给我底哥哥


## 村　庄

雪呀，又浓又密地飞吧，
我的梦呵，也跟随你飞到那些寒冷的地方——
那些黄土的茅屋，小山脚下的村庄，
秋天，屋檐下垂挂着累累的红果，
野蒿的枝叶也就伸进我们的小土房；
村前是一条到城市的小路，
路上有一座歪歪斜斜的贞节坊，
上面刻着……
那一年，那一月，
有个年青的节妇，
怎样守了十年苦寡，
逢着饥荒的年代，
就在一根牵牛绳下结束了生命，
后来他的孤儿呀，
又旗锣幡伞地还乡……


村子的东边，伍家大叔
在族长面前活埋过他不贞的闺女，
火山坳里，

老九杀死过官差，抗过皇粮，

一辆囚车又把他载走了，

连尸骨灰也飞不回乡；

皇上的报马，

成年成月从山边上跑过，

连瞧也不瞧一眼，

这没有读书人的地方……


老年人从祖父口里

还清清楚楚地记得——

那一个祖先首先逃荒来到这山坡上，

那一代人翻开这些黄泥地，

那一代人修建这座小磨坊，

看哪，这些果树，这些牛羊，

那一桩不是祖先传下来，

虽然我们现在穷得不像样，

哪，……他们早死了，

就是他们的墓茔，

也长年长月看守着我们这村庄……


这就是我们祖父的村庄，

这就是我们父亲的村庄，

梭仑河从她身边流过，

彻夜不停地流，彻夜不停地响，

在天底下，不晓得她要流向那一方。

## 老祖父和他的小毛驴

### 1

梭仑河呀，
我们的又穷又小的村庄，
老祖父白发飘飘，
一大早拿起斧头走上山岗；
晚上又回到地主的磨坊，
他说：
"我一生一世没有见过官，
自己靠自己，累骨养肠……"

"吃饭哪！……"我站在村口喊他，
——回来了嘎……
他的声音在山坡上，
"天黑哪……"我在村口喊他，
他的声音还在山坡上。

踏着大月亮，
他牵着小毛驴，
又走向河边的磨坊，
梭仑河呵，
小磨坊横跨在你的身上。
地主的大瓦屋，
也就在你的身旁，
我们的祖父每天晚上也就在那一个地方。

晚上，
一盏火光映在水面上，
在梦里也听见水磨声声响。

2

老祖父赶场回来了呀，
小毛驴出现在山腰上，
小毛驴又走过石牌坊。

来呀！
他取下米袋，
又从口袋里掏出一块麻花糖，
罐子里露出雪白的盐粒，
瓶子里散发出菜油香，
这时候他是我们的好祖父，
小毛驴也尖起耳朵站在他身旁。

三天五天，
小毛驴又驮着柴，
老祖父微笑地望着
它四条腿满有劲地走在大街上。
……

老祖父赶场回来了呀！
他在驴背上摇摇晃晃……
老祖父喝醉了酒呀，

"小冤孽，你跑！"
他向我举起那只骨棱棱的手掌，
他复又大声地咒骂呵……
又大声地喝，倒在门旁！

这时候他是我们的坏祖父，
我藏起来，
像碰见了黄鼠狼。

冬天，
冬天就正是我们难过的时光。

3

老祖父赶场怎么还不回来呀，
在这刮大风的晚上，
等他回来，我们等他带回来杂粮。

回来了，
小毛驴的蹄声越走越近了，
老祖父怎么还不声张？

小毛驴空空地跑回来，
——祖父呢？祖父呢？
小毛驴悲哀地鸣叫，无依地站在我们身旁。

几支燃着的松明冲出去了，
小毛驴呀，

你在前面跑得这样快，
你要把我们带到什么地方？

它停下来了，在河边上——
它不安地跌着蹄子，
它又伸着颈子，在向河水张望，
远远的小磨坊已经没有了灯光，
夜风在芦苇中萧萧发响。
呵！……我们的祖父醉倒在梭仑河上。……

唉，过世了，过世了！
梭仑河把他养大，
今天梭仑河又把他埋葬。

唉，哭泣吧，儿孙们！
念他这样一个无归无依的魂灵，
唉，慈悲吧，神灵们！
你们也要保佑他的灵魂安静。
他曾在这土里出生，
又在土里成长，
他呀，
也在这土地上苦命过一场！

## 姐姐出嫁的日子

冬天呀，
冬天使我们多么想念太阳，

冬天里姐姐有一双多么红冻的手掌，

她把玉米晒在院子里，
她又坐在石磨旁，
晚上，大家坐在厨房内，
她又一把一把地向火里洒着谷糠，
半夜醒了，冷呀！
我听见——
织布机在响，
梭仑河也在响。

等过了立春，
蛰虫也开始在地下转动，
大地才又慢慢穿上新衣裳……

春天呵……

阳光也就伸出温暖的手，
抚摩我们寒冷的村庄，
抚摩那些又高又大的枫树，
抚摩到我们院子里
　结满了蛛网的土墙。

墙角下放着姐姐的纺花车，
母亲坐在门槛上整理衣裳，
我们那些忠实的家畜，
母鸡带领她的小雏，老花狗，

也都懒洋洋地躺在主人的身边晒太阳。

春天呵……

姐姐明天就要作新嫁娘，
她几年纺纱换来的钱，
穿上了一件大红棉袄，
就要去到没有一个亲人的地方，
她又舍不下母亲呀，
她躲在门后幽幽地哭得像泪人一样。

邻居的老伯伯也起床了，
手里握着拐杖，
"孩子……
好日子呵……"
他伸出苍老的手掌。

年青的姑娘把红绸披在她额上，
邻居的婶婶为她送出贫寒的嫁妆，
几支喇叭在门口呜啦啦地响；
她给我留下一双新鞋——
"要替妈争气呀……"
她骑上祖父的小毛驴，
走了，
走远了还在回头望。

这年春天呵！

我也走了，
我同父亲来到小镇上，
留下母亲一个人厮守着山村，
留下了更孤苦的时光……

## 伙伴们

梭仑河呵，
我们被逼得抛下你了，
十八年就征到卅年的粮，
军阀们成天在打仗。

在我记忆中的，
父亲的那一代人，
曾举起愤火的土枪，
把田约贴在，地主的门上，
年青人逃的逃，亡的亡……

一切都过去了，
你还是穷得跟以前一模一样！

我的小伙伴们
现在也离开我了。
我成了读书人，他们却长得又强又壮，
他们已记不起——
怎样光着身子，
同我在河滩上玩着泥沙，

现在差不多都有一个黄脸婆娘；

这主妇成天招呼着鸡群，

黄昏煮好晚饭，

在山坡上，

大声呼喊那些收工的儿郎。


我们邻家的痴子呢，

白天在院子里抚摩身上的伤痕，

晚上他孤单地靠在门边看月亮，

有一次他望着我傻笑，

走过来拉着我的臂膀，

第二天他远远地走了呵，

不晓得他又逃到那一个地方？


有些不安份的已当了大兵，

丢下一个想念他的老娘，

有些三年五年，

抢了些金银首饰还乡；

有的在师父的打骂里，

苦够了三年，

挑起木匠的担子，

为人家建造高屋大梁。

有些跟一支队伍走得远了，

远到人也猜想不到的地方……


梭仑河，你难道没有变一点样？

梭仑河，你的儿子难道永远是这样的下场？

廿年多来，

祖父，母亲，

都埋在这青郁郁的山上，

我怕想起你们呵，

一个个的苦脸，

每次在梦里我总难忘。

今天我能呈现给乡土的，

只是一双更粗更黑的手，

手里是这一卷诗章！

一九四五年，十二月初稿

一九四七，五月改定

选自 1947 年 6 月 29 日《大公报》副刊《星期文艺》第 38 期

## 呼　唤

我们打着火把来找你，

我们穿过深谷来寻你，

我们站在高山上大声呼喊你，

呼喊你的名字：

你在哪里？你在哪里？

山头上熊熊的火光，

你看不见吗？

——为什么没有声息？
我们呼唤的声音，
你听不见吗？
——为什么也没有声息？

回答我们一声吧，
哪怕是一个单音一个字，
我们也是高兴的。
啊，今天晚上，
我们如此深深系念着自己的兄弟！
——我们在翻山越岭寻找你！

你陷落在哪一座深谷？
你藏身在哪一个洞穴？

是不是有野兽伤害你呢？
我知道，你是猎人的子孙，
狼群见了你会远远躲开，
一切走兽也要逃归洞穴。

是不是迷失了道路呢？……
白天，打柴的樵夫会告诉你；
夜晚，天上的启明星会指引你！
如果你跌倒了，
我们这么多手臂会扶起你；
如果你冻伤了，
我们会燃起篝火温暖你。

——回来呀，回到你心爱的土地！

我们的脚被荆棘刺得流血了，
我们跌倒而又爬起——
你在哪里？
你在哪里？

我们来到静寂的河边：
"我们的伙伴呢?"
一只夜鸟在林中忧愁地应答
"……伙伴呢?"
我们登上了峰顶，
群山也帮我们呼喊：
"……伙伴呢?"

这里，每一个村庄都记得你的名字，
每一道山溪都留下你的脚迹。
你怎么能离开你的战友，
你怎么舍得这用鲜血换来的土地？

我们把耳朵贴近大地，
静静地等待你的脚音——
你在哪里？
你在哪里？……

一九四六年，大别山中

选自羊翚：《晨星集》，花城出版社，1984 年

## 冰封的河

用什么来照耀乡村的贫苦呢？
用什么来润湿这荒芜的土地呢？
当桥折断在冰雪里，
当水流的音响就这样消失，
当橹和桨，
也不再从这里摇过。
冰封的河呀，冰封的河！
年轻的汉子，
放下镰刀不再回来了，
留下女人守着破落的田园，
留下小伢儿在村前睁着一双饿猫一样的大眼
我们一天天瘦下去啦……
冰封的河呀，冰封的河！
十月，
寒风在林梢呼啸滚过，
小伢儿，
背起柴筐出门拾枯枝去了，
老婆婆在纺车旁，
守候孤寂的黄昏，
也等待着温暖的火。
你哑点啦……
冰封的河呀，冰封的河！

没有你汩汩的水声，

我们的水车用什么来歌唱？

没有你的浪花，

我们用什么来洗涤汗垢的胸膛？

没有你的声音，

我们用什么来诉说愤怒和忧伤？

你流呵，在下面不声不响地流呵，

我们正从你的坚冰上踩过……

冰封的河呀，冰封的河！

选自 1947 年《书报精华》第 6 期


## 土地谣


田地里麦苗枯萎了，

犁锄抛弃在路旁，

小牛犊孤凄地鸣叫在山坡上。


唉，庄稼人，

你在何方？


春天，你播种，

秋天，你收割饥饿和死亡，

你养大了耕牛，

你又把它牵进屠场。

你的寡妻走在田野上，
血腥的风吹起她的衣裳，
夜里到河边去撒网，
星星照耀着她眼里的泪光，
在寒冷的梦里，
她在寻找你呵……
你怎么舍得丢下土地上的孤孀！

收租的老爷又吆喝地来了，
他出现在山坡上；
带枪的人又打马来了，
他的马践踏了田庄。

　　老爷哟！
　　你的鞭子抽得多么响。
　　呵，老乡哪！
　　你是多么威武——
　　举起那吓人的枪。

　　看哪！
　　这就是我们的农庄——
　　谷仓没有锁，
　　草屋里没有亮，
　　土地不敢说话，
　　村庄不敢有声音，
　　年青人有愤怒和思想。

不管河中闪耀着银色的鱼鳞，
没有用场！
不管土地曾经是金色的海，
没有用场！
不管眼泪滴成河，流成江，
还是没有用场！

森林里是咱们出没的好所在，
无边无际的大草原是好收场，
蓝色的青空是兀鹰翱翔的好地方。

年青人的心里蕴藏着火，
沉默的底下有矿藏，
受苦的人才有宝石一样的心肠。

嗳，年青人，
让我和你，
一起逃亡吧！
逃亡到哪方？

选自 1948 年《新诗潮》第 1 期

# 杨吉甫

|作者简介| 杨吉甫（1904—1962），四川万县（今重庆万州区）人。1924 年考入北平民国大学预科。1925 年，与刘树德（林铁）等人创办刊物《夜光》。1928 年秋至 1931 年夏升入北平民国大学英语系本科就读。1930 年在北京大学结识何其芳，共同创办刊物《红砂碛》，开始发表田园小诗。1931 年秋返回万县任教，次年春去成都任《社会日报》副刊编辑。全面抗战爆发后，与何其芳同编《川东日报》副刊《川东文艺》，并于 20 世纪 40 年代创办《文艺旬刊》。主要作品收入《杨吉甫诗选》《杨吉甫小说散文选》等。

## 石子（节选）

一

农家煨①草堆了，

---

① 煨：方言，烧草灰。——原编者注

早晚添了许多烟火。

三

那四颗明星，那四颗明星，
很好地连成一个平行四边形。

四

雨后的秋夜，
偶尔又滴下一颗檐水。

六

小菜初上市来，
叫卖的声音也是新鲜的。

九

柳荫院里蝉儿，
唤起悠悠的微风，
一个像婴儿吸乳似的
紧贴在树身上。

十二

我吹去

爬到我书上来的虫儿，
使它做了一个跳岩的梦。

## 十六

昨日一天大风，
隔膜了我前日的记忆。

## 二十一

火车！
何不骤然出发：
偏要蠕蠕的引长别离的情绪！

## 三十五

浅黄的太阳，
轻轻的抹在窗上。
不要再黄了吧，
我的窗子太薄了。

选自何其芳编：《杨吉甫诗文选》，四川省文化厅，1992 年

# 远行（节选）

## 一

我不敢回顾；
我怕看她们临别时的容颜。

## 四

日历只有这一页了，
我想不把它撕掉。

## 十

假如我就是在这病院里死去了，
谁能注视到我眼里的最后一颗眼泪？

## 十一

窗外飞雪无声，
病床上我亦无声。

## 十二

她来捉住我的手颈试脉，
我不知我的眼睛当望着哪儿。

## 十三

对面的病床已换了三人了，
我这床上还是我。

## 十五

撕！撕！撕！
过去的这些日历，
都是我病中的日子。

选自何其芳编：《杨吉甫诗文选》，四川省文化厅，1992 年

## 短歌抄（节选）

### 一

蝉的声如抽不尽的丝。

## 五

雨后新爬出的虫儿睡在树叶上。

## 六

原是鸭子的浪，
我以为是鱼儿射上水。

## 七

炊烟不住上升，
徐徐的平抹着田塍。

## 十四

鸭儿泊在水面上，
静听黄昏的声音。

## 十七

细微得羽纹的水面的风
在水蛛的脚下过去了。

## 十八

池边搁着水桶，
林下荫着水牛。
他们吃午饭去了。

## 二十

夜的院子里亮着萤火虫似的光，
再亮时照见她吹火的嘴。

选自何其芳编：《杨吉甫诗文选》，四川省文化厅，1992 年

# 往日（节选）

## 一

卖扁担糕的！
他是来踢你担子的，
你却认他是顾主了。

## 三

雪花片片飘去，

山尖变白了。

异乡人凝神的望着。

## 四

月没有，

星没有，

灯可看得清了。

选自何其芳编：《杨吉甫诗文选》，四川省文化厅，1992 年

# 杨　山

|作者简介|　杨山（1924—2010），四川南充人，笔名萧扬。曾在国立歌剧学校学习音乐和歌剧，做过中学教师、记者、编辑。20 世纪 40 年代开始发表诗作，主编《突兀文艺》。中华人民共和国成立后，曾在西南人民艺术学院戏剧系任研究员、编剧，后任《红岩》编辑部副主任、《银河系》诗刊主编、中国作家协会四川分会理事、重庆市文联委员等职。著有诗集《寻梦者的歌》《黎明期的抒情》《春的旋律》《醒来的恋歌》及《工厂短歌》（与穆仁合著）等。

## 他是一个中国人

一

他是一个中国人
他走在中国城市的街道里
他的手被反缚着

他的衣服褴褛得像一张滥污纸

（老实说

还不如一张猪皮清洁）


而且，他的头

流着血，殷红的血呀

滴在这太阳光照耀着的土地

滴在他的说不出什么颜色的衣服上

画家可以在他身上找到颜料

考古家可以把他送到伦敦博物馆去陈列


而且，他的脸已分辨不出模样来了

他的口，也变成哑子

他的后面

还跟着两个拿枪的

赶着他，像赶着一头羊似地……


二


他是一个中国人

（我也是一个中国人呀）

等他们停在一个店里的时候

我鼓着勇气走去问他

"兄弟，你是干什么的?"

他睁着一双骇怕的眼睛

颤抖的眼睛，悄声说：

"我是一个人"

"人"我向他说

"我知道"

"你是干什么职业的?"

"我……"他向那两个人看一眼

"是一个种田人

被欺侮的……"


"我的家,在××场……

有一个老母亲……

婆娘,两个娃儿,两三岁……

昨天……夜里,保长带了人在我们……

家里,拉我……当壮丁……


"先生……我们家只我一个,还有婆娘娃儿……

我不肯,他们就打我……"

"看"他指着他的头

他的声音在抖,牙齿也在颤

他的一滴泪

也落在土地上——中国的土地。


三


他是一个中国人

他就这样活在中国的土地上。


选自 1945 年 7 月 17 日《新华日报》第 4 版,署名萧扬

# 姚 奔

| 作者简介 |　　姚奔（1919—1993），吉林扶余人，原名姚正基，又名姚向之，笔名姚奔、姚芝闻、史抄公、映实等。抗战前就读于北平国立东北中山中学等学校，曾与李满红等共同参加进步学生运动。北平沦陷后到重庆。1939 年进入内迁至北碚的复旦大学，在《文艺阵地》《国民公报》《现代文艺》和《诗垦地》丛刊等报刊发表大量诗作。著有诗集《给爱好者》《痛苦的十字》，译有《拜伦爱情诗选》。

## 我在嘉陵江岸上

我在嘉陵江岸上，
踏着突起而又坚硬的石子，
呼吸着山野与江水混合的
　　　　　清馨的气息……
而使我生出无限的痴想与希望的，
是那远天飞过来的第一块云头，

和咻咻的打着嗯哨的

从远方吹来的江风……

（你们来自那里呢？

可曾带给我一些我所希冀着的

家乡的消息么？）


想当青纱帐起的时候，

家乡的兄弟们该握起

刀枪、火炮与戈矛，

冲出海样的高粱林，

和鬼子们厮杀了吧，

松花江滨，

当仍有敌人去饮马，

可是长白山头的山林里，

该有无数抗争的旗帜挥扬了吧！

而我，滞留在这遥远的数千里外，

祖国的自由的土地上，

今天，站在嘉陵江岸，

        灰黯的云天下，

只有托江风，

把我为你们所唱的战斗的歌声，

向着辽远的白山头，

        黑水滨

无数的抗争的兄弟们底耳边吹送啊！

只有把无限热情的祝望，

寄托天上的浮云，

让它们带给你们以热诚的祝祷；

愿你们斗争的浪潮，

伴随着，祖国抗战的风暴，

不断地高涨，

胜利继续着胜利啊！


我在嘉陵江岸上，

踏着突起而又坚硬的石子，

呼吸着山野与江水混合的

　　　　　　　清馨的气息……

而触动着我悲哀的音键，

更唤起我无限家乡的记忆的，

是嘉陵江你汨汨嘶唱着的江流，

和那隐现于云雾中的迷离的忧郁，

今天，我伫立在灰黯的云天下，

凝视着那两岸苍翠秀美的山峦，

倾听着这异乡江涛的嘶鸣，

遥远而哀惋的我想念起家乡的，

山水底姿容；

我反复地追想着：

长白山是怎样的健美而壮丽，

山上是生长着怎样苍郁繁茂的森林。

更反复地追想着：

松花江水是怎样曲折地

绕过家乡的土城，

怎样嘶唱地

穿过平广的草原

向着那无际涯的远天流泻……

（今天，在敌蹄践踏下的

家乡的山水，

还是那样壮美而明快么?）


我在嘉陵江岸上，

站在灰黯的云天下，

悲愤地昂起我的头，

遥望着那云烟飘渺的远方

在万水千山之外的我的家乡

禁抑不住的我流出那

思念家乡的热泪，

望一望那远天抗争的烽火，

我遂扯起喉咙，向我底家乡，

唱起反叛的战歌——

但，我这微弱的歌声呵，

可能传到家乡兄弟们的耳边?

二九，七。于嘉陵江滨

选自 1941 年《现代文艺》第 3 卷第 5 期

## 风由北方吹来


风由北方吹来，

我行走在南方。

我行走在南方，
我的心却在北方——
我怀念着北方，
　向往着北方，
北方的记忆，
常在我底心头
闪着金色的亮光……

北方的冰雪哺育过我，
北方的风砂鞭打过我，
北方的阳光抚吻过我，
我是在北方长大的，
我记忆着北方；
　　北方的河流，
　　唱着爽朗地歌
　　从我耳边欢腾地流过；
　　北方的原野，
　　坦着绿色的胸膛，
　　在我面前，
　　扇形地展开；
　　北方的风砂，
　　带着战斗的威势，
　　常常扑面打来……
　　而我，不是也曾经
　　骑着赤红色的战马
　　在大风砂里
　　奔驰过吗？

——如今，

连马蹄的声响

却使我感到分外地亲切了。


昨夜，

我有北方的梦——

我梦见我

和我旧日的伙伴们

在黄河岸上

朗声地歌唱……

模糊地

好像还有一队人马

渡过黄河，

影幢幢地

好像有一面战斗的大旗

在飘扬……

仿佛我又看到为我所爱的

那个年青的姑娘，

她羞涩地向我点头，

我刚要扬手呼喊，

不觉心儿一抖就醒来了——

窗外，明亮的一片月光，

树影摇曳在窗上……

远天，

还有几颗小星

向我眯眯地笑了……

呵，我身寄南方，
　　　心在北方
北方，在梦里我也难忘。
为了我是北方的孩子，
在冰雪的哺育中

　风砂的鞭打下长大的，
如今，我不怕寒冷了，
我也有权利
傲视南方阴寒的雨雾；
因为北方的阳光
亲吻过我，
如今，我更深切地，
　　体贴到阳光的爱了——
伟大的爱，彻底的爱呵！
我需要，
全世界的劳动人民都需要呵！


——而北方
　不是已有我们无数的兄弟们
　在向着很亮的阳光下
　　　呼吸着，
　　　劳作着，
　　奔驰着，
　　战斗着么？


风由北方吹来，
我行走在南方。

风用会心的语言
告诉我北方的故事：

　　北方的风光

　　焕然一新了

　　北方的风砂

　　还是吹打着……

　　北方的原野，

　　新生的花草

　　正在茁生，

　　北方的阳光，

　　正在哺育着

　　新的生命……

我行走在南方，

心却在北方，

呵，北方，

我怀念着你，

　想念着你

以我赤热的心

和我响亮的歌；

遥远地

让我向你举起

欢呼的手：

　　北方，

呵！新生的北方！


一九四一，一一。

选自1941年《诗创作》第6期

# 在风雨的夜里

外面，
是风雨的夜——
隔着玻璃窗，
我向黑夜，
投以焦躁而饥渴的目光，
而我，是忘不穿那漆黑的
　　　　　　　无边的
　　　　　　深沉的夜海，
我底心如被沉埋在夜海极底，
我底身躯如被装在狭小的铁箱里。

风，
用那狂暴的威力，
呼喊着黑夜的恐怖，
它震撼着天地，
　掀揭着屋瓦，
摇荡着我住屋的门窗；
雨，
卷着猛烈的风势，
飘忽地洒落，
雨点急躁地敲打着无边的夜，
而夜海呵，

是不是掀起恐怖的波涛呢？


今夜，

我底心是已失去往夜的平静了。

风雨的喧嚣，

搅扰着我底心境，

我焦躁，

我愤怒，

我恨不能让我底心胸爆裂，

      让我底双眼突出，

我压抑不住心的暴跳，

      血的激流，

我只是搓擦着双拳，

在我狭小的住室中盘旋。


风雨的夜，

睡眠离我而远去，

不安占有着我底心了。

今夜，风雨的音响，

      淹没了一切的声息，

我听不到荒村报晓的啼鸡，

我更听不到那往夜常听到的

嘉陵江水低声而恬静地唱流，

今夜，我实在想象不出，

嘉陵江水会掀起怎样狂怒的波涛！


外面，

是风雨的夜，

我的伙伴们都睡了，

我们只听到

风雨卷着凶猛的威势，

如万马奔腾似地

扑去又扑来……


今夜，

在不同的地方，

也许正在进行着猛烈的战斗，

我真不敢想象

我们勇武的战士们

在大风雨的夜里

会怎样冒着风雨的吹打，

以风暴的威势，

向着敌阵冲击，

因为我是蛰伏在斗室里，

在风雨的深夜，

并未曾试探一下我战斗的脚步，

我是感到深切的惭愧呵！


外面，

风雨更加紧急了，

我更深切地感到

我自己歌声的微弱，

友呵！

在风雨的夜里，

我们该用怎样的声调来歌唱呢？

今夜，睡眠离我而远去，
不安占有着我底心，
我只是在室内反复地盘旋，
听着风雨暴戾地呼啸
终于，我又记起我友人的诗句：
　　　　"理想不会是幻想，
　　　　开花的日子到了，
　　　　结果的日子也不会远了……"

隐约的，
我听到有震动大地的隆隆的巨响
从远方滚来，
我惊喜这声音的响起，
我乃意识到，
这已是春天——
经过一夜风雨的哺育呵，
明朝，该有多少春花开放呢？
向着窗外无边的夜海，
又投出我焦躁而渴切的目光……

外面，
是风雨的夜。

一九四一，三，大风雨的夜。

选自 1941 年《现代文艺》第 3 卷第 2 期

# 叶伯和

|作者简介| 叶伯和（1889—1945），四川成都人，原名叶式倡，字伯和。初期写旧体诗，到日本后，涉猎西方诗作，并加入中国革命同盟会。1912 年回国后，先后任教于成都县立中学校、川中初级师范学校等，在西南地区推广五线谱。1914 年，在成都市祠堂街创办培训京剧青年演员的科社，并设"剧部"供学员公开演出。1922 年，与陈虞裳等人创立了四川第一个文学研究团体——草堂文学研究会，主编会刊《草堂》。1924 年任成都市立通俗教育馆音乐部主任，后发起成都海灯乐社。著有《中国音乐史》，辑有《诗歌集》《叶伯和著述丛稿》等。

## 心乐篇：序诗四首

一

　　我恨我的心，不是一幅画图，
不能使你看得出她的颜色。

我恨我的心，不是一调曲谱，
不能使你听得出她的声音。
哦！我的心，我不要了！
让你拿去解剖罢！

二

　　你说：你的心是已经碎了！
我说：我究竟有没有心，我都忘却了！
宇宙是什么？人类是什么？
你是什么？我是什么？——
还没有确实的了解；
什么是你的心？什么是我的心？——
那里能够知道呵！
我说：如其你的心还没有碎完——
趁早拿去丢了罢！

三

　　当我的心丢了的时候：
我便恍惚迷离，若狂若痴；
我无日无夜地，走遍天涯，
总寻不出一些痕迹。
一天早晨，我在山林中，
红日初升；群鸟悲鸣；
忽然遇着了它；
它说：把我的心给你罢！

我双手捧着，放在我的胸中；

想了一想；便狂喜道：

"是的！是的！这才是我原来有的！"

## 四

　　当我原有的心，回来的时候；

我便用着我亲切的眼儿，偷偷地看她

她的光明，胜过了琉璃玻璃；

她的和蔼，胜过了春风秋月；

她的美丽，胜过了瑶草琪花；

她的真诚，胜过了浑金璞玉。

我急迫了，上前欲与她握手，

但总把她握不着，因为她其实还是没有的。

选自 1922 年《草堂》第 1 期

## 心乐篇（组诗）

### 新　晴

当那翠影，红霞，映着朝阳的时候；

仿佛她戴着花冠，羽饰；穿着黄裳，绿衣；

——亭亭地站立在我的身旁。

我想和她接吻，却被无情的白云遮断了！

听呵！山泉儿流着，好像是特为她传电话；

——小鸟儿歌着，又像是想替她作邮人。

我忍不住了，便大声呼她：——

但她只从幽深的山谷中，照着我的话儿应我。

## 骤 雨

当那大风骤起，白云飞扬的时候；

我喜不自胜，想是她乘着飞艇来了？

却怎么收去了光明的笑容；现出黑暗的怒色：

——目光儿闪闪地；呼声儿隆隆地；——

我十分恐惧呵！我心中只这样想，又不敢说：

"大量的人儿呵！你是爱我，你应该恕我！"

她真灵敏呵！她立刻感觉了我的恳求；

——便洒出她的泪；洗净她的面：——

一会儿她更抛却愁容，依然向着我微微地笑了！

## 早 浴

你新浴后，站立在静寂的海岸上，

你散着发；赤着足；裸着你的半体；

你颈上挂着一串红珠，射着你樱桃似的嘴唇；

你双手握着几朵白莲，映着你柔雪似的肤肌。

我还未走到你的身旁，便觉大地都为你充满了清洁；

我渐渐地接近了你，我心中更生出许多怀疑：

你是天上的女神么？细看，你却少了两个翅子；

你是人间的摩底儿么？但是，谁能刻绘你这样的真美？

## 晚　歌

天已黄昏了！我两眼都被云雾蒙着；
我不能见着你，只听得你断续的歌声，
——伴着竹露滴的清响；
我听不出你唱的是什么调子？
　　但是我的心，却跟着你细细的低吟。
晚风传播玫瑰的芳香，扑到我的鼻里，
　　我便沉沉地，同着落花睡去了！

选自 1923 年《诗》第 2 卷第 1 期

## 你便是我

　　你底慧根，是夙具的；
你底个性，是高洁——优美而真挚的；
你是未满学龄，便能刻苦读书的；
你是以诗歌为你生命底源泉的；
你是能专壹使用你爱情的；
你是凭着你柔弱的灵魂，无时不与病魔宣战的；
你是备尝了有产阶级底家族制度的痛苦的；
你是受尽了一切虚伪礼教的束缚的；
你是真能读我底诗歌的；
你是真知我的：

因为你底性情，便是我底性情；

因为你底境遇，便是我底境遇；

因为你底心，便是我底心；

因为你便是我；

爱人哟！你可知道么？

自从最初诞生了你和我，便含着这样坚强的不可分性：

是鱼呵？当比目；是鸟呵？当比翼；

是花呵？当并头；是草呵？当并蒂；

是树呵？当交柯；是……

爱人哟！你若是不幸而离开了我，

那么！世界上一切底鱼——鸟——花——草……

都应即时破裂！

选自 1923 年《草堂》第 2 期

## 自题小照

像，是照的我底形影；

诗，是留的我底声音。

唱着诗；看着像：——

便是我个人底"有声的活动写真"。

也许说是我永久存在的生命？

选自 1923 年《草堂》第 2 期

## 她的爱

正当我游泳在蜜甜的梦海里，
黄莺儿早已高唱它的晨兴之歌了。
她轻轻地推开了绣被，给我一个亲吻；
她说：爱人！快快醒来哟！
那园中纯洁可爱的玉兰，恐被昨宵的风雨摧残了！
那一刻千金的春光，一秒一分地过去多少了！

报晓的鸡，喔喔地啼；
惊梦的钟，皇皇地响。
我和大自然一齐睁开我们的眼睛时，
她的晨装，已经修饰整齐，如同鲜艳的春花一样；
充满宇宙的祥和的春气，都完全移留在她的娇柔而细嫩的面庞上。
我说：爱人！只要你我的爱交互地常存在我俩的心灵里，
春光便永久不会离开我们的金屋了！

月复一月；岁复一岁；
经过了许多明媚的春；又经过许多萧瑟的秋；
她的面庞，渐被空气的酸化——由红而苍，由苍而黄。
但她的心乃越发的慈祥；她的爱乃越发的普广；
她不但爱她的爱人；她还兼爱她的小宝了。

她对人们的爱愈多，人们对她的爱愈少。
她的身体因爱而枯，她的颜色因爱而老。

终竟被爱河里一叶的扁舟，
不知将她载往何处去了！

选自 1923 年《草堂》第 3 期

## 小　诗

一

　　自从寻着它以后，
笑也不会笑了；哭也不会哭了。
他们都说我是疯了！
我的母亲却对众人说：
"我的儿子，这下没有病了"。

二

　　我们用不着语言文学；
也用不着邮便电信。
只用着两个心：
你那里想出什么，
我这里便印出什么。

三

　　天空已经是很暖和的了，

云呵！

你何事为它铺上许多轻絮？

鲜花已经是很美丽的了，

露呵！

你何事为它结上许多真珠？


## 四

凉风呵！

你把我的心，

吹了一个孔了！

你还从孔道中，

过来过去地呀！


## 五

天堂是理想的；

爱河是终归要涸的；

歌声是莫有永续不断的；

欢乐呵；

哀情之导火线呵！

我无意寻你，

你何苦自来扰我呵！

选自 1923 年《草堂》第 3 期

# 叶菲洛

|作者简介|　叶菲洛，生卒年不详，四川重庆（今重庆市）人，笔名菲洛等。曾担任重庆《新民报》副刊编辑。1934 年，在重庆与柯尧放、毛一波等人发起成立了沙龙社，创办刊行了文艺性刊物《沙龙旬刊》。1942 年，在成都与苏雪林、雷石榆、李广田等人创办《创作月刊》。著有诗集《昨日之花》等。

## 海　鸟

飞上碧落去的小小的鸟，
跕跕下视而又投到海面去，
唱着凄凉曲的小小的鸟，
我是不知道你的名字，
你的身世底悲欢的。

我仅知道你有太年老的躯干，
　　太年轻的一颗心，

在怅惘着，怅惘着
一些自由的艰难的昔日，
以及风和雨和白的狂波，
汰击你一些苍茫的记忆。

长天大海，但也有过温柔的，
一些蔚蓝的天底平静，
一些蔚蓝的海底微笑，
彩霞随着翅子的游离呢。

让一生在这当中飘泊好哪！
让一生在这当中享受好哪！
这些自由的艰难的记忆，
这些空虚的美好底昔日。

选自 1934 年《文艺月刊》第 6 卷第 2 期

## 怀余杞

你像一颗星闪耀在我面前，
而你，消失了，突然在昏暗的午夜，
我寻觅你，抱着无限寂寞，
在蔚蓝天下，烈日的晴光中，
看柳丝袅袅飘摇曳，
我寻觅你，抱着无限惘怅，

在白浪翻滚，珠连玉溅的堤边，

看一只柳叶船殁流而逝，

我寻觅你，带着心的缺陷，

在未衔杯酒接殷勤的朱颜下，

思念相见的日期，再见的语气，

一百个饱含忧郁的日子，

也同欢乐的那些日子一样，

（在四围山青满江水笑的平原上，

在仰望屋檐俯视地板的狭笼里！）

过去了，过去得不留痕迹，

就像一颗星又闪耀在我们的面前，

将永不会消失了，在人间，

你将永远的明朗，永远的存在。


二九年，八，七，雨中。

选自 1940 年《诗星》第 1 卷第 2 期，署名菲洛


## 神　子


对风，对水，对流云，

对宇宙，人生的谜，

对钢铁的世纪，

我能够唱，唱一曲，

我能够哭，哭一声。

可是对你，你这个人，
奇异的生命，不老的春，
我不能歌唱，唱一曲，
我不能哭，哭一声。
五十年，只昙花一现，
五十年也如春花般艳，
像婴儿长存浅新的眼，
像婴儿在红炉煨。

黑的镣铐，黑色的绳，
不能系死神子的心，
基督在十字架微酣，
亚波罗停立万山上，
眉宇间，有甜的悲欢。

三十年冬日，冷雨中
选自 1942 年《创作月刊》第 1 卷第 1 期

# 野 谷

|作者简介| 野谷（1925— ），四川忠县（今重庆忠县）人，原名成善棠。中学时代，在何剑薰等人的影响下开始新诗习作。1944 年开始尝试四川方言进行创作。主要作品散见于《文哨》《新华日报》《新诗歌》等报刊。曾著有诗集《指望来年》被编入《春草诗丛》，但因故未能出版。中华人民共和国成立后，长期在重庆市文学艺术界联合会、四川省文学艺术界联合会等单位工作。著有诗集《社会主义的春天》《小姑娘的梦》《夜渡》《凝望》等。

## 青黄不接的时候 （组诗）

### 人们呀

满山满山绯红的地。
满冲满冲发裂的田。
乱草从挖好的红苕地上
长了起来

又死去。

田头的螺蛳晒成面面。

人们呀，

就靠着一点红苔种叶救命。

一家人夜夜守在地边边，

红苔叶子好多匹，

大人细娃都数得清清楚楚。

## 仙米，仙米

芭蕉头挖绝了？

枇杷皮刮尽了，

牵起线线的人去找仙米。

仙米哟！

硬绑绑的，沙渍渍的。

奶奶妈妈屙不出屎来，

爸爸哥哥肚子胀痛。

但偕是去背呀！背呀！

## 偷 儿

昨晚上，

叶老爷捉个偷儿，

人才十四岁。

当时叶老爷提根马枪

指着他的屁股就是一炮。

偷儿倒在地上，

嘴巴在张缩。


这偷儿是他佃客底儿。
偷的是他半箩喂猪的糟子
一早叶老爷去望乡长说：
"这脾气搞惯了地方上又会多事。"
乡长说："了得呀，一定要严惩他大人。"
叶老爷又"义气"地望着看热闹的人说：
"糟子能值几何，该明说呀！"


人们点着头，望望偷儿。
偷儿一张青梗梗的脸。
豌豆颗大的泪往外滚。

选自 1946 年 8 月 8 日《新华日报》第 4 版


## 放牛娃儿底歌 （组诗）


### 推　磨


推磨，押磨！
去年偕做干粑十个。
今年只付羹羹一锅。
八十奶奶怕挨饿，
年年出去做长活。

妈妈两脚打战战，
爸爸喊着命难活。

推磨，押磨！
推了半天偕没一勺。
弟弟妹妹两眼陷落，
望着磨漕无话说。
姐姐二十未出阁，
一条小衣破上破，
我们看拿啷个活？

## 爬山豆

爬山豆，叶叶长。
爬岩爬坎去赶场。
场又远，
一升胡豆买不回一斤盐。
明天要犁田。
后天要栽秧。
不喊工夫不得行。
不买油盐难喊人。
若说不趁这泼雨水整得多。
今年只怕又挨饿，
天老爷，大些落！
保佑我们好过活！

## 老哇回窠

老哇回窠满天飞。
坡上妈妈回不回？
红苕藤子莫忙背，
毛弟娃娃要妈喂。
租课是一辈子挣不清的罪，
我们要想翻身偺望下一辈。
老哇回窠满天飞，
坡上妈妈快些回。

## 汉菜花

汉菜花，满地红，
我娘喂奶离家中。
白天听见洋雀叫，
夜晚听见山水流。
我想跟倒山水去，
我怕一去难回头。

红汉菜，满地花。
月亮夜夜来照家。
爸爸手抱二娃娃，
爸爸摸我瘦骨头。
爸爸逗我笑哈哈，
说是妈妈要回家。

选自 1946 年《萌芽》第 1 卷第 2 期

# 玉 杲

│作者简介│ 玉杲（1919—1992），四川芦山人，原名王宗尧，曾用名余念、王正先等。1935 年考入成都省立中学，1938 年春入延安抗日军政大学学习。1940 年，受组织委派回芦山，以教书为业，从事抗战工作。1942 年 7 月，考入设在璧山的国立社会教育学院图书馆学系学习。1946 年，重回延安，任教于米脂中学、延安大学等。20 世纪 50 年代后，在陕西省作家协会任职。曾任《延河》编辑主任、副主编等职。著有诗集《红尘集》，长诗《大渡河的支流》《安巩传》《向前面去》等。

## 大渡河的支流（存目）

# 袁水拍

| 作者简介 |　　袁水拍（1919—1982），江苏吴县（今江苏苏州吴中区、相城区）人，原名袁光楣，笔名马凡陀等。1934 年，毕业于苏州高中，次年考入上海沪江大学。全面抗战爆发后，在香港、重庆等地从事抗日救亡宣传工作，同时从事诗歌创作。解放战争时期，在上海从事新闻工作，先后担任《新民晚报》《大公报》编辑。中华人民共和国成立后，调入北京《人民日报》工作，担任文艺部主任，兼任《人民文学》《诗刊》杂志编委。著有诗集《人民》《向日葵》《冬天，冬天》《沸腾的岁月》《马凡陀的山歌》《春莺颂》《云水集》等。

## 婚歌与葬歌

### 婚　歌

天光啊！快一点睁开你的眼睛吧，
快一点闭上你的不知厌倦的眼睛，

好让我的爱——快一点来！
坐着，忍住呼吸，一心一意等待，
日子会快一点过去吧？
还是要我到街上去奔跑，
去追赶那奔跑的快马呢？

天光啊！快一点睁开你的眼睛吧，
快一点闭上你的不知厌倦的眼睛，
好让我的爱——快一点来！
把院子里的花，多浇上一点水，
把这颗等待你的心，多放进一点光，
像一间光亮的屋子，花在这儿开，
等你来，我的爱，等你这儿来！


## 葬　歌

为曹禺剧本《家》中的觉新作


一


啊，睡在这里的是谁呀，
这孤零零的荒坟？
活着的时候一样会哭会笑，
现在却天塌也作不得声，
这是个勇敢而又软弱的灵魂，
勇敢，为了他勇敢地反抗，
软弱，为了他软弱地妥协，
死的时候，热泪往下滚。

他有没有亲近的人，
死了还放不下他们！
他的亲人就是他的敌人，
他的友人，他不能亲近！

假如天再肯让他站起来一次，
把最后一句话说给人听，
他一定说，对恶，要狠！
不管它存在外界，还是藏在自身。

因为母亲留给我们的血，
当中流着忍耐，善良和爱心，
在这样人和兽作战的时代，
这些也能够做我们的敌人。

二

啊，睡在这里的是谁呀，
这可笑的，卑微的尸体？
不，不，他并不可笑，并不卑微，
尊敬他吧，像尊敬你自己。

我们一样是大海里小小一颗米，
可是人们的骄傲使我们抬起头来，
向山岳冲撞，向权力唾涕，
受尽侮辱，可是决不可笑呀！

不，不，这个坟墓并不卑微，
是旧的世界，葬在这里。
他可能失败，倒下，烂掉，
他的胸膛却至今还在滚沸！

美和丑肩并肩葬在一起，
让后来的人们看轻今天吧，
我们却没有这个权利。
勇敢的求生者不断杀死自己。

你呀！你可怜的牺牲！
你可恶的罪人！
你咬紧了牙齿死。
咬住了仇恨，嚼碎了爱情！

选自 1944 年《当代文艺》第 1 卷第 5—6 期

## 夜　行

这条路好泥泞呀！
一步一溜地走。
黑夜是这样的浓重，
周围是这样的沉默，
山坡上那些破旧的小屋
好像隆起的坟墓。

只有偶然一个夜行人
握一支火把走过，
默默地踏着泥泞。

偶然一辆人力车拉过，
里面该有人坐着吧？
他在想些什么呢？
在这样一条泥泞的路上，
这样一个黑夜。

吊在车上的油灯
晃荡着一个黄色的光圈。
像马一样喘气的车夫
他又在想些什么？

打更的老头儿弓着背，
疏落的几下锣声
有没有传到那些破屋里去，
使劳苦的身体
在梦中转动一下？

这条路好泥泞呀！
几个不相识的夜行人，
彼此不知道的灵魂，
沉默地
在这黑夜中走过。

选自 1944 年《华声》第 1 卷第 3 期

# 大皮鞋

昨天走过都邮街①，
看见一双大皮鞋。
擦鞋小孩坐台阶，
手拿布片两边扯。

皮鞋，皮鞋，你是谁？
瞧你样儿挺气派！
布鞋，草鞋，赤脚汉
看见你来都走开。

走在路上劈啪响，
骑在马上烁烁亮，
笔挺的靴统三尺长，
尖利的马刺插后方。

没沾点儿泥，没沾点儿浆，
摇儿摆儿马路上。
进过多少脂粉地？
出过多少生意场？

---

① 重庆最热闹的一条大街。——原注

稍息，立正，向后转；
一个虎跳到北方：
"我打胜仗你投降，
你的高粱我的仓！"

选自马凡陀：《马凡陀的山歌》，生活书店，1946 年

# 臧克家

|作者简介|　　臧克家（1905—2004），山东诸城人，曾用名臧承志，笔名少全、臧克家、克家、何嘉等。1934 年至 1937 年，曾在山东省立临清中学任教。1938 年参加中华全国文艺界抗敌协会。1938 年至 1941 年夏初，在第五战区从事文艺宣传工作。1942 年到重庆，与王亚平等人成立春草诗社，编辑出版《诗家丛刊》。中华人民共和国成立后，任《诗刊》主编。著有诗集《烙印》《罪恶的黑手》《运河》《泥土的歌》《宝贝儿》《生命的零度》，散文集《乱莠集》《随枣行》《我的诗生活》等。主要著述收入《臧克家全集》。

## 口　哨

　　叽……咕，叽……咕，
像一声一声寂寞的鸟叫，
枯冬的风卷着它跑，
把山里的白昼和我的心

传染了。

哪有什么鸟；一个小孩子

在脚掌大的一片山地上开荒，

稻田的明镜

捕捉着镢头的影儿，

征服了韧性的老草，

汗滴落在新土里

像撒种籽。


　　叽……咕，叽……咕，

像一只小鸟歌唱春天，

山花红了，风也软了，一股暖流

无声的流，流在人心上，

流在山谷里，也流在平原……

他就是一只生命的鸟儿，

光脚板浴在土香里，

他用力也用心使用他的锄，

它对他有点过长也过重，

吹动他头发的风

也吹动着豆苗，嫩生生。


　　叽……咕，叽……咕，

像一只鸟儿报告秋天的消息，

一听到这声音，

天更高，云更薄，风更急。

我又看到了他，看到了这个小孩子，

他手里锋快的镰刀

把豆棵放倒了一地，

　　叽……咕，叽……咕，
他的口哨更响了，
不再是空虚和寂寞，
它像饱满的豆粒子一样的充实。

廿二年十二月九日于歌乐山

选自 1944 年《时与潮文艺》第 2 卷第 5 期

## 隆冬诗辑（组诗）

### 这也算冬天

这也算冬天？
到处活着绿色，
树叶也不落完。

这也算冬天？
黑云的肚皮里
落下几个冷雨点

这也算冬天？
冷风在人身上
一点也不威严

在北方，
屋檐上挂一尺冰；
在北方，
雪色一片耀眼明；

在北方，
有北风搅一天砂土，
也有一个大太阳，
给人一罐子不花钱的家酿。

在北方，不像这里一样，
在北方，冬天有冬天的模样——
它可怕又可亲，阴沉又鲜亮。

## 伐　木

斧头把山谷
砍响了，
却看不到一个人影。
他们给我砍出了
半天的彩霞，
砍出了天光
落上稻田的明镜，
落日受了惊，向下滚动，
寻宿的归鸟
在半空飞鸣。

缠着晚烟的松树
带着响声向青山倾倒，
跟着来一阵胜利的轰笑。

## 人和牛

把水牛
拴在松树腰上，
枯草给它
留一道灰色的脊缝，
抬起头，向四下里望望，
寂寞压迫它
吗吗的叫出一两声。
缘一条爬上山顶的线，
看，一个人，那么小，
直起腰，回回头，
俯下身去，不见了。

一，十二，歌乐山中。

选自 1944 年《文风杂志》第 1 卷第 3 期

# 臧云远

|作者简介|　臧云远（1913—1991），山东蓬莱（今山东烟台蓬莱区）人，常用笔名辛苑、秀沅等。中国左翼作家联盟成员。早期至北平读高中，积极参加抗日救亡运动。1932 年在北京加入中国左翼作家联盟，参与中国左翼作家联盟刊物《科学新闻》编辑。1933 年去日本，为东京中国左翼作家联盟成员。1937 年回国。1938 年曾在汉口主编《自由中国》。1939 年至 1946 年在重庆从事文艺活动。1948 年去解放区。中华人民共和国成立后，先后任东华大学、山东大学、南京艺术学院教授。著有诗集《炉边》《云远诗草》、诗剧《苗家月》等。

## 在都市（外一章）

### 一、在都市

别看这门面有多少华丽
后门堆积着脏的东西，

腐烂的垃圾多臭的泥

只有都市才这样臭气。

人心也跟着发霉，腐烂，

大街小巷你听，看，

麻将，妓女，白兰地，鸦片，

白天睡觉夜里玩，

永远也不同太阳见面。

也许也许你看不惯，

为什么生活就是欺，哄，骗，

什么都好耍滑头，扯谎，欺瞒。

你正经，厚道，活该，

这样的都市你赶紧离开，

等你病了老了两手空着，

太多了，那马路上□□冻死饿尸体。

这里不是我们的乐园，

你看这忙忙碌碌拥挤的街面

每个人心里都在这探险。

争，贪，夺，情面，

乖乖隆地冬，敷衍，转环，

不要鼻子，要钱！

不管是流氓，地痞，鸦片鬼，混蛋，

坐在汽车里，坐在大餐间。

筋鼻子，睐眼，仁义，慈善。

只有好人在这儿卖劲，

累死了饿死了活该倒霉，

只有乡巴老才会流泪

这强盗的生活你压根不配，

只有卖力气的天天打扫
这表面华堂的大垃圾堆。
总有一天能打扫干净
地面上响起自由的歌声。
都市不再乱糟糟，
整整齐齐，改变了面貌，
叫花子，□神，都进了工厂，
街上流浪的儿童都送进学堂，
到那时候我再歌唱，
新的都市在歌声里成长。

一九四四年十二月三十日


## 二、老寡妇和她的儿子

老寡妇，在风车旁
手里摇着风车，
白白的米粒像流水一样
从风车口流满了竹筐，
这是今年新打下的米
呆一回自家先尝尝。
她的儿子掏起辗过的米
一簸箕一簸箕倒进风车，
又把竹筐里的白米量出来
装满了瓦缸又装进口袋……

门外落着硬是焦人的雨

小鸡在门口缩着头蹲着，

屋檐上的滴水像心里的泪

流去几十年愁苦的日子，

这能怨谁能怨谁

一切都为了这个儿子。

老寡妇望着门外

保长拿着账簿

甲长拿着钱袋，

还有两个人背着枪

恶狠狠地走进门来，

今年的粮税都已经交完

难道他们又来要钱？

谁不知道她孤苦零丁

为什么他们来的这么凶？

纳粮纳税算不了什么

怎么啦怎么啦

还要拉走她的儿子，

不管她跪在地上苦苦哀求

谁管她除了一个儿子什么也没有。


老寡妇在门外哭

小雨淋湿了她的衣服，

东邻西舍家探出头远远地看

只有树林流着泪在她的门前，

屋里耗子不管她哭啼

跑来跑去吃她的白米。

直到黑漆漆的天空只听见雨声

东邻西舍的窗户点上了油灯，
老寡妇一个人还站在门外
哭着盼望着她的儿子回来。

村里的王嫂来到她门前
好心好意把她拉进屋子里面，
　　"你儿子拉走了不要紧，
　　　那刘家的儿子不是还在家里蹲，
　　　拿钱说情就顶上了别人。
　　　听说你地下埋着黄金，
　　　听说你有钱才不另嫁人……"
老寡妇拿出房契地契
拿出她出嫁时陪送的东西，
叫王嫂拿去拍卖
只要自己的儿子能够回来。

等到沥沥拉拉的雨下到天亮，
屋子里的小鸡唧唧地扇着翅膀，
老寡妇还瞪着眼坐在板凳上
想着儿子身上绑着绳
说不定现在受了刑……
她的眼里隔一层泪水
多少妈妈整夜整年想自己的孩儿。

她拿这房子地换来的五万元
跑到镇子上进了茶馆，
茶馆里是这样熙熙攘攘

争吵声笑声和平常一样，
有谁肯听她的哭诉，
真太多了像这样的事。
她在茶馆里坐了半天
那两个拉去她儿子的人走进茶馆，
她哭着求着跪在地上，
那两个人叫她起来慢慢商量，
那两个人拿到五万元
知道儿子就在这不远。

    "老太婆回去吧，
      这件事交给我们俩，
      保管今天晚上
      你就能听见他叫你声妈妈。"

老寡妇在路上想
今晚上儿子回家的模样，
先别告诉他房子地都卖完，
先叫他吃一顿好的晚饭，
再同儿子一道多吃点苦；
搬在草棚子里去住，
儿子可以作个短工
她自己给别人洗洗衣服……
她想着走着到了树林
前面就是自己的房屋，
那两个人从后面赶来
把老寡妇拉到树林里
拿下腰带把老寡妇勒死

又把老寡妇挂在树枝上，

那两个人就在树林里数钱分账。


一九四四年十一月十八日晨

选自 1944 年 8 月《文学》（重庆）革新号


## 望中原


我站在山顶上

望着遥远的北方，

红冬冬的云彩在天边飞翔，

背后的喜玛拉雅山捧着傍晚的太阳。


在几千里外的大平原上，

在那古老的黄河两旁，

在那七零八碎的寂静的村庄，

在那联接着村庄的大路上，

现在该又落满了白雪。

独轮的小车子在雪地上

转动着，低着声音歌唱，

毛驴儿在雪地上

点点头走着，叮玲叮玲地摇着铃铛，

人们的脚步在雪地上量

这痛苦的年月能有多长，

嘴上的热气在寒冷的路上

吐出几年的坚苦和愿望。

这几年骡马都被拉光
仓里空着没有一点口粮，
草垛平了只剩下腐烂的草
谁还敢白天里走进磨房，
牛儿驴儿放在地窖子里
小声地吩咐着不要露出声响，
年青力壮的都悄悄走了
老头老婆儿看守着村庄。

就在这傍晚的阳光下
黄河嗦嗦地流着冰块，
大平原上的白雪闪着金色的光
天顶上飞着红冬冬的云彩，
村里的人望着黄河边
我们的队伍过了河来了，
多末英武多末强壮呵
我们的队伍回到了家乡，
把牛把羊都牵出来吧
好日子已经来到了，
飞鸟忘了回巢，太阳不肯落下，
几年了今天村头上才有欢笑。

就在那傍晚的村头上
老头儿拿出多年的爆杖
挂在竹竿上在村头点放，

老婆婆高兴得有一点哆嗦

喊着孙儿给战士唱歌，

姑娘媳妇小声地谈

快回去给战士烧水烧饭，

屋顶上吐出轻快的白烟。

这是我们自己的队伍

多高兴呵快敲起锣鼓，

告诉大伙都出来吧

平原上的男儿回了老家。

几千年的黄河第一次听见

人民的欢呼响遍了平原……


我站在山顶上望着北方

好像听见了那儿的歌唱，

那儿的秧歌那儿的歌舞，

那儿土地上不再苦痛，

连麦苗在白雪下都很舒服……

有多少北方的儿子像我一样

在这里望着天边背着夕阳

望着几千里外的家乡……

元月二十六日

选自 1945 年 2 月 1 日《新华日报》第 4 版

# 曾　卓

|作者简介|　　曾卓（1922—2002），湖北武汉人，祖籍湖北黄陂，原名曾庆冠，笔名曾卓、路隽、林薇等。1938 年武汉沦陷前夕流亡重庆，投身救亡运动，与邹荻帆、姚奔等人组织诗垦地社，编辑出版《诗垦地》丛刊。曾从事《诗文学》编辑工作，主编《大刚报》副刊。中华人民共和国成立后，先后任《长江日报》副社长、湖北省作家协会副主席、中国作家协会理事等职。著有诗集《门》《悬崖边的树》《老水手的歌》，散文集《美的寻求者》《听笛人手记》等。主要作品收入《曾卓文集》。

## 受难的山城

一对红球
在高高的杆挂起又落下时，
（无数的心随着沉落了下去）
重庆，在大太阳下安详地午睡。
喧嚣的阔街，沉寂了，

店铺的大门，关上了，
嘈嚷的人群，不见了，
静静的重庆！

静静的重庆！
品字形的银光闪闪的飞机队
带着隆隆的沉重的马达声，
穿过高射炮开出的云朵般的弹花
在蓝天下飞到了你的上空
成千的，成百的炸弹投掷下来了
随着黑烟与红光的冒起
传来使大地震抖的巨响
一阵阵的，一阵阵的"隆隆"的响过去……

火，四方熊熊的燃烧着了
火，舌焰张舞着，爬过一道墙又一道墙，
火，吱吱的唱着，又带着爆炸的声响，
火，愈烧愈大，愈宽的火，
沉重的，浓厚的灰黑色的烟柱，绞扭着冲上天，
接近了白云，而将白云也点染成灰黑色的了，
烟云低沉的悲惨的笼着整个的城市
太阳不能穿射过密密的烟云层
只是隐露着红红的比红火车红的圆脸。

而放下毒火的罪恶的机群，
却远远地飞去，飞去了。
红球又在高高的杆上挂起。

无数的人群，复杂的声音
刹那间同时充溢了市街，
充溢在愈烧愈炽的四方大火的市街。

人们，拥挤着，嘈嚷着，
向着火的地方跑去，
火光映着他们的
挂着汗珠的悲惨的脸；
火光照着他们的
含着激动的泪水的眼睛；
火光烤灼着他们的
忙乱的挥舞着的手；

火舌张舞着；

江干着火的木船
被解下了系住的绳索
顺着浩浩的江水流……

灰白的脸上流着血
或是衣上印着血块的人，
躺在被两人抬着的架床上，
呻吟着，呼痛着，
血流透过了帆布，
又流到了大街上。
一滴一滴的血，
一行一行的血。

火舌张舞着，……

一个孩子跄跑在人群的急流里
大声的哀叫着！
"妈你到那里去了？
我在这里呀！妈!"
一位警察将这孩子领着去了

一个女人，长发凌乱的散在肩上

鞋子失去一只了，
不顾怀里哭叫着的孩子
疯狂似的跑着又嚷着：
那起火的是我的家！
一个学生扶她在一块石上坐着
"你不幸的妇人
坐下来息会吧，
拍一拍怀中的孩子
你看你的家那边。……"

那边——，
戴着黄色铜帽的救火员，
爬立在近火的屋顶上。
水柱从他们掌着的龙头里急速的喷出，
戴着阔边草帽
穿着蓝布背心的工人，

用铁钩，用铁锤，用利斧，
敲击着墙拉推着墙，
墙，终于痛苦的轰然的倒下了。

火舌张舞着……

在火中失去家的人群
散落的坐在空场上
守护着抢救出的零乱的什物。
头发上，两肩上都披着灰白色的粉屑，
没有一个人哭泣，只是
切齿的咒骂着
向着远远的天，
一个白须的老人
沉毅的苦笑着接受旁人的慰问
他用手摸着秃头只是说：
"炸了再来过，再来过
不在乎，不在乎。"

火舌张舞着，
黑烟更浓更密也更高了。

受着灾难的城市，
受着灾难的人群，
然而没有一个人哭泣……

不知何时，

一长条白底黑字的横布
已面四方烈烈火焰的大街的心跃动


"重庆是炸不毁的,
敌人愈残酷
我们抗战的意志愈坚强!"


八、廿一、晚,重庆

八、廿二重抄于南岸

选自 1941 年 6 月《文学月报》(重庆) 第 3 卷第 1 期

# 重　庆!


我回来了。
短短的日子里,
出入在山与山所环锁住的
孤落的村舍,
绿深深的竹丛,
和沿着山脊而倾斜的
幼弱而稀疏的松林,
和乱石与野草缀满的山中。
披着满身的尘泥,
拖着沉重的蹒跚的脚步,
我回来了。

重庆

今夜，你不以

辉煌的霓红灯

映红半边深蓝的天；

你不以万道耀眼的

闪闪的光幅，

向我呼召。

远远的看去

你似乎在稀落的微光下熟睡了。

不，你没有。

愈近，我就愈清晰的听见了

那些交织着轰然而来的

        混杂的喧嚣声，

        轰轰的马达声，

        汽车的吼叫声，

        汽笛的嘶鸣声，

        ……

那千百种声音交响的大合奏，

于我

像听见了久别的情人的歌声啊。

血液在我滚烫的周身

加速的流转。

一切疲惫，困倦都飞走了，

我向你奔去。……


重庆

我走在你凸起的背脊上，

我走在你低凹的胸膛上。

我似乎也听见：

你的脉搏在震荡的起伏，

你的心也在狂跳。


各种气息：

      酒馆的喷香的气息，

      女人的脂粉的气息，

      煤油，桐油的气息，

      各种怪味的气息，

先后拥挤的撞进我的鼻门，

如草原上的气息一样的

为我所熟稔。

好几年来，

我就是都市的浪客啊。

生活的皮鞭抽挞我，

常常踏着破乱的皮鞋

彳亍在反射着各色灯光的

光滑的柏油路上。

我记起那些夜间，

那些暗长的

      荒寒而寂静的夜间，

我是怎样的

在一个并着一个的路灯下徘徊，

直到黎明的薄光，

照着我支撑不开的眼皮。

重庆！

你被称为

     "中国的古罗马

       中国的玛德里"的

山城！

你受伤了。

我走过那些

残垣与颓墙的暗街。

瓦砾，焦木，碎砖

和电线杆上断垂下的皮线，

常常要绊跌我的脚。

高高的，只剩下

几面破墙的楼身

    胸脏被挖去了

    由这一边窗子

    一直可以望透

    那一边窗子的天空。

却还傲视一切的兀立着。

你们——

瘦弱的身体

披着褴褛的衣衫的孩子们，

匍匐在瓦砾上，

用你们无力的小手，

要抓寻出一点什么来呢？


但是，街上还是

这么多，这么多的人。

在两旁店铺油灯散出的

淡黄的弱光下，

叫嚣着，撞挤着。


那些街道，

　　在未炸前还是不平与狭窄的街道

已修筑得广阔而平坦；

那些房屋，

　　在未炸前还是架空的与古旧的房屋，

已修筑得漂亮而结实；

那些在未炸前

　　还是死巷，是没有路的地方，

已修筑起坚固而美丽的石阶。


是几条大街的中心点，

是人的潮流的汇合处，

是炸不死的精神的庄严的标帜。

那边是一个在废墟上，

新辟出的广场。

在圆场的正中

一个高伟的旗杆

刺向星光闪烁的夜空⋯⋯


走在洒过同胞的血，

而又由同胞的汗

所铺成的路上，

我深深的交织着

痛苦与骄傲啊！

不站在店铺的大玻璃窗下，
为那些眩目的光色所吸引；
不正视那些摩登的仕女，
我挺起胸
穿走在熙攘的人群里，

我又走到
往日常常走过的石桥下来了。
破乱低矮的草屋，
连头也伸不直的草屋。
到处散发着污水的腐烂的气息，
蛙声，蚊子的嗡嗡声。
白日为繁重的工作
所折磨的人群，
永远为穷困，不幸所袭击的人群，
在高声的吵骂着，
或是尖锐的唱着
淫秽的小调。
而那对面
就是高耸的洋房呀
住着的是：
不断制造着罪恶
日夜都消磨在
饮酒，享乐，
大三元，冠生园，

汇利，摩登俄国大餐厅的
呸；我们的
绅士，商贾，名流
还有那些妖形的女人……


我忿怒的回过头
向前走去，


呀！看：
这是怎样一幅动人的画面。
深黑的山腰亮几星灯火，
几个赤裸着
肌肉凸出的上身的人，
他们将铁锤高高的举起，
他们嘴里发出
使人战栗的原始的嚎叫。
随着一声沉重的喘息，
铁锤重重的打在岩石上，
迸出万道火星。
啊，你辛勤的石工，
用你的血汗，你的手
开拓护障千万人生命的岩洞。
有一天，
在不及躲避的大石的飞落下，
在偶一不小心的失足中，
你就不能再打开
摄列世界万物的眼门……

重庆，

你炸不毁的山城，

你在抗战中繁荣与健壮起来的山城，

你"一面是庄严的工作，

　一面是荒淫与无耻"的山城，

我们要用劳动者的血汗，

如电流灌通一样

流入你的每一处神经，

使你霍然光亮。

我们要用如石工一样的手，

一凿一锤的敲打你，

敲通你通达自由与光明的路。

今夜，在临着江干的小楼上，

我听着江水

触碰在岩石上所发出的哀鸣。

我想着有许多人，离开你的怀抱而远走了，

我向你投以悲哀的眼光，

我的脑海，如江潮

一样的起着汹涌的波涛。

我为你，唱我的歌，

献出我拙劣的诗，

重庆！


　　　　　　　　　——一九四一、九月海棠溪

　　　　　　　选自 1941 年 12 月《诗创作》第 6 期

# 青　春

让我寂寞的
踱到寂静的河岸去。

不问是玫瑰生了刺
还是荆棘中却开出了美丽的花。
——我折一枝，为你。
被刺伤的手指滴下的血珠
揩上衣襟。

让玫瑰装饰你的青春
血迹装饰我的青春。

选自 1942 年 11 月《诗》新 3 卷第 4 期

# 张大旗

|作者简介| 张大旗，重庆人，生平不详，著有诗集《欧洲的歌》。抗战时期，在重庆、成都等地报刊发表新诗作品。

## 重 庆

一方面是庄严的工作，
另一方面却是荒淫与无耻。
——爱伦堡

裸体的城市，动的
城市，从黎明携来
动作，吵嚷着动作，夸大着动作
速率控制了空间
直到夜色涂匀一层
丑恶的脂粉
四山环抱一个力的中心

运输机凝结在天空

吉普卡像活塞，机械的

散步，穿来穿去

碾路机日夜气喘

走过去又走过来

　　走过来退过去

水泥和石子和劳力

永远筑不完的道路

装饰的树木显得脆弱


暴发的房屋，风起

云涌

以它的贪婪来吸食

你的，我的，他的她的

虚荣分不出类目

伺隙出现而罗列

万华筒感到了昏眩

吞进又唾弃

一点出发到无限


30000000

好大的数字

血汗劳力来聚拢

金融的计划研究又研究

从坚固的保险库拿来

潜入海底越过驼峰

一元，这渺小的分解
谁不感觉热忱的洋溢。

渺小的分解迷途了
走入魔术的舞台
变成了装饰，变成了
恶棍，变成了乞乞科夫的幽灵
好巧妙的账簿啊
不多不少，贷借两方相等

——检举，从骚扰的
报纸跳入，沉默的表示
人间地狱不到一会功夫
打扫吧，打扫得干干净净
检举，检举吧
还有太多的检举
人民的手，如林……

从下面到上面
从城市扩大到乡村
从这里到那里
思想到思想，内里
到外面，荒淫与无耻
贪婪层叠贪婪
卑鄙望着卑鄙

城市啊，醒了，睡了

在黑暗的背后，抖一抖身

抖一抖疲倦的灰尘

用自己的勇气

面对世纪站起来

站起来，看看远方，看看未来

一九四五·四·一

选自 1945 年 5 月《诗文学》第 2 期

# 张天授

|作者简介| 　张天授（1916—2006），四川重庆（今重庆市）人，笔名天授、华那、T. S. 等。早期在北京大学《歌谣》周刊发表搜集的民谣。1932 年，曾与黄现璠、李石峰、刘盛亚等人共同发起创立蓓蕾学社，创办文艺旬刊《菡萏》《蓓蕾》。全面抗战初期，与友人创办《诗报》，曾任《诗星》半月刊编辑。1942年底，与李本哲、戴文葆等创办了杂文壁报《夏坝风》。1944年，与王效仁等人创办《中国学生导报》。中华人民共和国成立后，在《重庆日报》工作。

## 煤炭花①

夜濛濛的，
土渣堆里埋藏着金子，银子吗？
　弯着腰，
不住地拖。

---

① 煤炭花即煤炭渣余。——原注

希望的眼泪，

开着灿烂的花。

光耀的晨星，

不能隐蔽——

那流着血的，

　双手的裂痕。

擦擦眼泪。

　花脸猫①！

土渣堆里埋藏着金子，银子吗？

几块的"煤炭花"还到了别人的手里。

二四年三月五日，在通州。

选自 1935 年 5 月《现代》第 6 卷第 4 期

# 星

坐在暗蓝的天空下。我们

同数着天上的星星

哪是北斗，哪是启明

你说那是我的心

我看是你的眼睛

一九三五，夏故都

选自 1937 年 1 月《西北风》第 15 期

---

① 花脸猫即花脸。——原注

## 说北平

说北平，道北平——
北平城本来很太平；
自从八月七日起，
日本鬼进了北平城。
抢的抢来杀的杀，
小姑娘还要被奸淫。
请大家用心想一想，
被难的都是我中国人，
被难的都是我中国人。

说北平，道北平——
北平城如今乱纷纷，
高丽棒子和日本鬼；
到处欺侮我老百姓。
年轻的说是共产党，
年老的也要被欺凌，
满街的东西随便拿，
拿去了还说是讲人情，
拿去了还说是讲人情。

说北平，道北平——
北平城外有多少义勇军，

他们的枪杆端的正，
他们的口号"打倒日本人！"
他们年轻力壮胆子大，
常常能打到北平城。
城里的人们心欢喜，
城里的鬼子吓掉了魂，
城里的鬼子吓掉了魂。

说北平，道北平——
我们难道就不要北平城？
前线的战士们不怕死；
后方的民众也在练壮丁，
请大家细心想一想，
那日本他一共有多少人。
只要我们同心协力来抗战，
不久就能收复咱们的北平城！
不久就能收复咱们的北平城！

选自 1937 年 12 月《救中国》第 8 期


## 重庆，在轰炸中！


重庆，
　　着火了！
在敌人的残暴下，

被轰炸！
　　在火的炼狱里。


新中国的摇篮！
　　重庆
燃烧着火！
　　房屋坍塌了……
　　　焚烧吧！
　　焚烧掉屈辱，
　　　　偷生……
　　一切污秽的名字。


轰！
焚烧吧！
　　炸吧！
街市着火了！
　　　血流着……
抗战的马拨
　　唱着，
新中国站起。


血，
流着……
江流吼着——
"抵抗啊，
打击侵略者！"
　　旧的

让他毁灭吧。

新的起来了啊!

血,

　　仇恨!

法西斯的飞机

　　着火了!

　　落下了,

　　　轰隆——

选自 1940 年 4 月《笔阵》新 1 卷第 1 期

# 张　央

|作者简介|　　张央（1925—?），四川康定人，原名张世勋，笔名张阳、央序、沙粒、肖芒、欧思曼阳、胡耕等。1942 年开始文学创作，曾组织无弦琴诗社，风陵渡文艺社和浅草文艺社。1949 年在康定主编《西康日报》文艺副刊《金川文学》。著有散文集《康巴旧闻》《康藏烟尘千叠》《康定春秋》，诗集《康巴星云》等。

## 星　花

我爱偎依在星花树下，
描绘一幅幅明日底梦。

梦里，我见星花，
向夜行人的怀内，
洒下一把光亮的种子；
用闪光的手，

向倦旅指引一条

去明天的路。


梦里，我见星光，

挂一角微笑，

流水一般，

向天野

讲她开花的故事。


在星花树下，

我见星朵，

为黎明，

编织了个绚丽的花环。


在星花树下，

我看见一个诗人，

为夜底花园，

写一首风景诗。


星花收获了一个丰美的白日，

我拾到了一片明天的花瓣。


一九四五年八月

选自中国四十年代诗选编委会：《中国四十年代诗选》，重庆出版社，1985 年

## 春天一定要来的

不怕日子沉重，
不怕黑暗的闸门关得紧，
不怕风暴象豺狼，
春天一定要来的。

不怕我们没一寸土地，
不怕我们没一块面包；
不怕吃人的宴席还在摆，
春天一定要来的。

只要意志永远醒着，
只要战斗的心灼热着；
只要还有张说话的嘴，
春天一定要来的。

选自中国四十年代诗选编委会：《中国四十年代诗选》，重庆出版社，1985 年

# 赵枫林

|作者简介|　　赵枫林（1922—1967），山东菏泽人，原名赵益友，笔名枫林等。全面抗战爆发后，随学校内迁四川，就读于国立六中第一分校。1941 年，加入中国共产党，北上延安受阻后，先后在四川中江、重庆等地从事实际工作。1946 年，进入中原解放区。其作品多见于《新华日报》《诗垦地》丛刊等。中华人民共和国成立后，在北京市文学艺术界联合会工作。

## 我的抒情（组诗）

### 在童年

在童年
最多难的土地上
我是遭遇最悲惨的一个……

从母亲的尸边

我继承起
生活的贫困和悲哀！

我开始：
用羡慕的眼光
看着幸福的孩子
偎依在母亲温暖的怀里
生活横溢着富裕的光波
而我
却孤独的
零仃在幸福的圈外
零仃在风寒与饥馑的日子里
零仃在父亲的焦急和叹息里……

于是，我的心
在童年，就开始泛滥着
痛苦和忧忆

于是，我的心
在童年，也就开始
挣扎和追求！

## 在流浪

当祖国又跌足在
侵略者的毒焰以外的
灾难里……

我

也被仇视者

用卑污的诡计

无言的放逐了


我开始用

试探的脚步

跨过了充满着

乌烟瘴气的小城


我开始用

警觉的态度

回答了充满着

怀疑和盘问的视线


而我

漂泊的

流浪在我心爱的土地上

却像流浪在敌人的枪刺下


而我

在流浪中

也从不倦的用战斗

医治着疮痍复发的

祖国呵！


选自 1941 年《诗垦地》丛刊第 3 期

## 折翼鸟

是什么时候
你坠落在这荒凉的山脚
是什么地方受伤了
颤栗的双翼，抖落着血水……

看你那一双矫健的双翼
我知你不是一只平凡的鸟
可惜没有足够的光明
使我认出你的名字

你是否就是那在暴风雨前
迎风飞翔，追逐闪电的海燕
在暴风雨中遭遇了暗算？

或者
你就是那为了这残酷的人间
夜夜啼血的杜鹃
在无星月的深夜里误中了恶人的毒弹？

于今
你是坠落在这山脚了
矫健的双翼
失去了翱翔的力……

也许

从此暴风雨前的空中

再看不到你给人以

战斗的启示的圣影……

幽魂似的暗夜

再听不到

你含血的招唤……


也许

你将不由自己的埋没于这山间

不管伙伴在战斗中焦急的呼唤

不管痴心的情侣寻遍了天涯

日夜的哀愁……


不！我不能如此的幻想

看你那高昂着的头

欲展的翅膀

对你这"自由之子"啊！

我感到惶惑……


我想

你将耐心的舔干自己的血迹

待来日双翼痊愈；

再长鸣一声，乘风万里……


——一九四二，五，病中。

选自 1943 年 2 月《学习生活》第 4 卷第 2 期，署名枫林

# 周太玄

｜作者简介｜　　周太玄（1895—1968），四川新繁（今四川成都新都区）人，原名周焯，号朗宣，又改名无，号太玄，笔名太玄、周无等。1916 年中国公学毕业后，任《民信报》编辑。1918 年与王光祈等人发起组织"少年中国学会"。1919 年赴法国留学，其间曾创作诗歌，在《少年中国》发表。1931 年回国后，在国立四川大学任教。1949 年任香港《大公报》编辑主任，并主持社评委员会工作。著有《诗的将来》《人的研究》等。

## 过印度洋

圆天盖着大海，黑水托着孤舟。

也看不见山，那天边只有云头。

也看不见树，那水上只有海鸥。

那里是非洲？那里是欧洲？

我美丽亲爱的故乡却在脑后！

怕回头，只回头，

一阵大风雪浪上船头。

飕飕，吹散一天云雾一天愁。

（选自 1919 年 8 月《少年中国》第 1 卷第 2 期，署名周无）

# 去年八月十五

一

园子里的人渐渐的少起来了。

满河的白雾和灰白色的月光溟濛模糊的混合起来。

眼前的东西都漫漫的改变起来。

声音也寂静起来。

但是她和我还是在河边上立着。

二

白雾散开，现出了一个又圆满又莹澈的月亮。

他只在那波浪中，忽长忽扁的荡来漾去，一声儿也不作响。

一只小船摇摆着过去。

船篷和摇船的人都淡淡的蒙着一层绿霜似的月色。

河上的船，一一放出灯光，总明明暗暗的闪烁，

显出他们还在水里摇着。

摇船的小姑娘把着桡，弄着暗涨的潮水，望着月隐隐的唱。

但是她和我还是在河边上立着。

三

园子里的灯全明了。

她头上的那一个，照着我们的影子，很长的上了草地。

路上的黄叶慢慢走动，

都到了她的脚边商量着聚在一处，——不动。

我想我应该说什么给她？说什么给她？

她说的那些，我应该怎么样答她？

忽来一阵风，吹了她些发到脸上；我想替她掠到鬓上。……

四

去年前年又前年的今天，都渺渺茫茫的记不大起。

明年后年以至年年的今天，我却永久也不会忘记。

记得什么？

园子么？月亮么？摇船的小姑娘么？

选自 1919 年 12 月《少年中国》第 1 卷第 6 期，署名周无

## 黄蜂儿

一个黄蜂儿，跌在水里。

他挣扎着飞；飞起来，还是跌在水里。

水流得很慢，很安闲，夹着一叠一叠的树影，

黄蜂儿很着急，只是挣扎着望上飞；但只是在水里。

翅子已湿了，再也飞不起来，只在水里乱转。

脚上的花糖儿，是他们盼望的，

他觉着很痛心，都已被水冲散了。

虽然望得见岸，他却只在水里乱转。

不知道他为的什么？——生命么？工作么？

可怜水推着他走，经过了一叠一叠的树影。

他歇一歇挣扎，但他还是在水里。

呵，好了！前面排立着许多水草了。

但是，黄蜂儿，他却不动了。

选自 1920 年 3 月《少年中国》第 1 卷第 9 期，署名周无

## 夜　雨

无情的夜，昏沉沉的压着下来，

压着我转侧在空洞洞的床上。

可怕的静，填满了空中，闭塞着我的两耳。

冲破了静

无边淅沥沥的声音

是悲梗的风；夹着那失意的雨。

可怜的雨，你踉踉跄跄的下来，

救出我在那可怕的静中；便应该

送我到美丽甜乐的乡里。


唉，他们趁着风索兴的一齐下来，
惊醒了挤着安眠的肥硕白菜
他们朦胧的都一齐发了歌声：

　　　　仃伶的静，安慰着心。

　　　　温柔的情，偎抱着影。

　　　　你洗不净是我们的悲梗。

　　　　他吹不散是我们的深情。
夹着风他们的歌声一回悲咽一回大声。


风欺着他们，三点两点乱打在我窗上。
丁……丁……如何隔离得着？一一的到了我的心。
他紧张，回荡，缠绵，破裂。
他不喜怒，不断续。
老黄了的秋梨，湿羽翼的鹡鸰。


可怜的雨，
他似乎很神秘的到了我的眼下
一滴……两滴……三滴，
滴破了静，耳中一片声音。
滴混了影，目前阵阵的黑云。
滴碎了情，心中没有一些定准。


你不夹着风吹不开窗帷
你不同电休想照着她玫瑰花的脸
你整齐的无边的下来依然

她在那里仍旧，四面捆着由着黑暗

无情的他依然是恩惠
不言不语稳默的戴着悲梗
可怜的雨有时也不能成声
温柔是睡眠却远远还在那里

八年八月四日佛郎克福

选自 1920 年 11 月《少年中国》第 2 卷第 5 期

# 朱大枬

|作者简介| 朱大枬（1907—1930），四川巴县（今重庆巴南区）人，笔名枬、大枬、一苇、槐南等。1921 年就读于北京师范大学附属中学。1923 年与蹇先艾、李健吾等组织文学团体"曦社"，编辑《国风日报》副刊《爝火》。1924 年入北方交通大学学习，同时在《现代评论》等报刊上发表诗歌。1926 年参加《晨报副刊·诗镌》的创办和编辑活动。1927 年，创办文学半月刊《荒岛》，后参与创办文学团体徒然社。著有诗合集《灾梨集》，诗集《饥饿》《冷箭》，短篇小说集《她的遗书》（合著），童话集《夜来香的复活》《爱与憎》等。

## 宁静的时候

醒着也不得宁静，
半夜听窗外萧瑟的风声；
睡着也不得宁静，
半夜惊梦里迷濛的鬼影。

恍惚乘小舟飘流，
四望空蒙不见有一线的青山，
只见湛碧的圆海接着天边，
天边有一颗明星闪闪。

恍惚远远的闪烁着弱光一线，
照着一只孤寂的云雀，
倏而飞进微黯的光明，
倏而飞出黑暗弥漫的空冥。

恍惚浓雾罩满海和天。
不是雾，是忽然灯光消散，
如一个星掉了，一朵浪花灭了，
一个灵魂死了，以后谁也看不见，
只看见弥漫的黑暗罩满海和天。

恍惚小舟荡漾像摇篮。
随着海波的起伏腾落播颠，
如一个星在闪，一朵浪花在溅跳，
一个灵魂在呻吟，谁也听得见，
只听见汹涌的海涛在号啕呐喊。

醒了，窗外虎虎的风吼已止息，
梦里层层叠叠的黑影也过去了。
在这宁静的时候，静对着——
屋里的灯光，窗外的星光，凝望，冥想。

一四，一，九，万籁俱寂时

选自 1925 年《京报副刊》第 44 期

# 笑

赤霞纱里跳着一炷笑，
轻盈的，是红烛的火苗，
有的笑，温慰你暗淡的长宵。

翠羽湖里摇着一朵笑，
清癯的，是白莲的新苞，
有的笑，清醒你昏沉的初晓。

青铜鞘里跃着一柄笑，
霍霍的，是雪亮的宝刀，
有的笑，割绝你灵府的逍遥。

选自 1926 年 4 月 15 日《晨报副刊·诗刊》第 3 期

# 大风歌

风神掣转地球一片车轮，
看黑夜影一匹骏马奔腾。
我们由你发狂也由你赶，
三百多天的路一夜走完。

谁说不是一件大快意事：
腐烂了锄把不过一盘棋！
谁耐烦地球走得这样慢，
爽性看你今夜绕几个圈！
一年一次的圈便绕百次，
就在明早也不是短命死。
地球，你驭着夜马赶快跑！
听着我们齐替你喊个好。
风神，放声给我们一声和！
大家高唱一只进行的歌！
看黑夜影一匹骏马奔腾，
风神掣转地球一片车轮。

选自 1926 年 5 月 6 日《晨报副刊·诗刊》第 6 期

## 加　煤

在倾壶狂饮的时候，
像车头里加进黑煤，
叫停滞的变为活跃，
叫情感掣思想狂飞。

我替你穷人们思量：
你骨头能称出几两？
就抖空钱袋买一醉，

分量再轻点也不妨。

趁空袋里没有臭钱，
意念里也没有顾惜，
恰像那轻便的火车，
好开足万匹的马力！

莫停在回忆的坟地，
去凭吊腐蚀的积尸；
不要进希望的空洞，
去梦想将来的充实。

驾驶到幻想的国度，
出现实苦恼的世界。
凭你全意志的主宰，
造一座象牙的楼台。

一霎眼，蛛网变流苏，
悬结满煌煌的金屋。
碧琅玕装上破窗槛，
潮湿墙幻作黄金柱。

绿泥杯看做翡翠镶，
黄豆焰闪放明珠光。
看影摇仙女的舞蹈，
听蟋蟀奏仙乐嘹亮。

叫繁华来掩灭荒凉，
叫欢愉来消融忧伤，
全任你恣情地骄傲，
享乐在幻想的天堂。

还不怕强暴的夺取，
也没有弱者的妒嫉：
尽耽乐幻想的仙乡，
用不着半点的猜疑。

偷巧同命运的宠儿，
没一点出汗的苦恼，
由你判自己的命运，
坐享这无尽的逍遥。

不动手就起座宫殿，
不动脚就爬上帝座：
只存在幻想的国里，
这不偿代价的极乐。

笑炼石补天的女神，
和填海精卫一样蠢：
看我们只灌进冷酒，
也填平不平的命运！

叫停滞的变为活跃，
叫情感掣思想狂飞，

在倾壶狂饮的时候，
像车头裹加进黑煤。

一二，一〇，改稿。
选自 1926 年 12 月 18 日《晨报副刊》

## 时间的辨白

古人拿客店比喻人生，
死是你们归宿的家庭。
　莫抱怨我紧紧相催，
　可怜我还无家可归，
阿这万古不息的狂奔！

谁不是由我送进墓门，
等你歇好了再送别人。
　你们都静眠在墓场，
　我还守着丛草滋长，
阿那无缘接近的佳城！

选自 1927 年 2 月 12 日《晨报副刊》

朱大枬 / 279

# 朱　健

|作者简介|　　朱健（1923—2021），山东郓城人，原名杨竹剑，又名杨立可。1937 年考入菏泽中学，后随校西迁四川，就读于国立六中四分校，参加进步学生活动并开始发表作品。"皖南事变"后离开学校，辗转甘肃、陕西等地。1946 年考入重庆乡村建设学院，从事进步学生运动，后在湖南潇湘电影制片厂工作。著有诗集《骆驼与星》《朱健诗选》等，另有杂文和随笔集多部。

## 沉　默

啊，密云期
啊，冬天……

肺结核菌
成团的飞滚着
人们闭紧嘴
不敢呼吸

臃肿而斑癫的疯狗
细菌剧烈地蛀蚀它发臭的内脏，要它死
夹着尾巴满街溜
眼珠血红，瞅着健康的生存者
随时要咬一口
发泄可耻的嫉妒
拖着全世界随它一起死去

有人按着胸口，低声的咳嗽
有人窒息得脸发青，像煤块
喘着气，成群的倒下

有人急速而沉重的
用铁锹敲开冰冻的地壳
埋下死者
死人的墓穴下
是积压了万年的
深黑的煤矿……

黑色的沉默
成熟了……
天文台发出了地震的警号
电已闪过
请听一声雷响……

四四年尾，川西
选自 1945 年 8 月《希望》第 1 卷第 3 期

# 不知道

好多事情我都不知道……

不知道——
向日葵是以怎样的心情随太阳起落
鸟为日出欢快的歌唱时小小的心脏跳动得多剧烈
敌人应手而倒
战士欢喜有多大
"耕者有其田"了
农民怎样用短短手臂拥抱整个的大地
莫斯科上空第一次升起了红旗
列宁怎样抬起头来望着天空……

不知道——
狐狸可曾履行过自己的诺言
狼有没有衷心的忏悔
狗的祖先担任过什么职务
是不是喝同类的血并靠主人的屎而活？
在美国的中国"人"的三万万金元
是谁的？是红色还是黄色，会不会生锈？……
大清皇帝要公布的
是哪一国，哪些人的"宪法"

不知道——
海洋是怎样深又怎样阔

有人自海上来
说海上航行
有风暴和人造礁石和海盗们的抢劫
波浪跳跃像千万个少年
在扛着船只前进
远方的灯塔对航海者有红色的招引
波浪鼓舞欢欣，头顶上盛开着金色的花朵……

说海是一只巨大的摇篮
海水是一床绣花的棉被

睡在海上有发香的梦
梦到星星撒满天，像银色的鸽铃
早晨，第一阵海风吹
太阳光芒照耀，星星摇响着谢落
水手们自海底捞起来
嵌在白色的小帽上当帽徽
留一枚，献给灯塔看守人的女儿……

我，有福没有福……
像一片漂浮在海底边涯
又黏附在陆地的足趾的海藻
属于海，又不属于海……

但我有浓浓的海的想望呢

每天看着表

数着长针和短针艰难的跨过每个方格

静听我们的船向陆地发出的欢呼

我想，我也是

那有一顶白色小帽的水手

一个清除大炮尘污的小兵

一颗螺丝钉，一个齿轮

一个扛着船只前进的浪花……


好多事情我都不知道

但我却不迷惑……


四五年元月十五日，川西。

选自 1945 年 8 月《希望》第 1 卷第 3 期

# 庄 涌

|作者简介|　　庄涌（1919—1996），江苏邳县（今江苏邳州）人。1935 年，在运河乡师加入"南风诗社"，并开始在《徐报》副刊《南风》发表新诗。1937 年考入山西民族革命大学，同年底到重庆，任《大公报》记者。抗战期间创作了大量爱国与抗战的诗歌，代表作有《颂徐州》《给十万八千六百七十九》《祝中原大战》等。1945 年，在《真报》做助编。著有诗集《突围令》《悲喜集》等。

## 朗诵给重庆听

重庆，你长江身上的一块疮，
现在又来了一大批下江化装师，
用脂粉掩饰你的内伤，不见红肿！
血腥的黑夜，
再捆一道矛盾的绳，
我不懂，

你怎样再忍耐生命的惨痛?!

撒一江黑雾,
瞒住青天;
一团团蚂蚁,
绕一块烂骨头打转!
大街上
成群的烟鬼抬竹轿,
七岁的小孩
背负五块砖;
小贩的叫卖
像垂死人的嘶喊,
下坡的车夫,
白了脸,
像决死的勇士,冲上前线!
贫穷,破乱,凄惨,黑暗,
休想用完整的字句,
形容你的全面!
鸦片,麻将,盗贼,娼妓……
贫血病,
迫害狂,
睁一双饥饿的眼!

重庆,你战败的伤兵,
睡在山沟里,
羞见日星!
你哭泣,

你哼……
你曾昏迷，
你现在又在苏醒！
历史的方向，
你要认清，
在倒转的漩溜里，
自己的船，
要自己把舵掌定！
要想想刘邦，
　想想阿斗，
是准备反攻，
还是苟安退守？
美利坚，土耳其，苏联……
黑白的事实，摆在眼前；
不要再妄想学勾践降吴，
日本人，比狐狸，比蝎子，
还要更狡猾，更恶毒！

呵！嘉陵江，
你涨吧，涨吧！
用泛滥的洪流，
洗清这溃疮。
呵！西北风，
你刮吧，刮吧！
扫清这恼人的黑雾，
迎接朝阳！
重庆，不要再忧疑，彷徨，

新生的种子
在你的脚下
扎根，
发芽，
向上长！


忘记了吗？
庐山孤军，
困守寒风！
洪泽湖，
瞪大了眼睛！
泰山。
昂起头，
发燥！
更衰老了，
山海关，
呜咽不成声！


呵！反攻！


昆明，
迪化，
两条粗壮的腿，
撑住后腰；
在日本，台，韩，
七千万苦难弟兄

用"革命"相招！
快，
快打开夔门，
让昆仑山的雪水
向东海直倒！

一九三九，一，改作。

选自庄涌：《突围令》，海燕书店，1947 年


## 重庆之冬


就在这没有风雪的重庆
我才能如此深深地感觉到
中国底冬天的寒冷

这伤寒菌统治的城市呀
我是你志愿的囚人吗

而十年来伴随着我的
仍是一册世界一览图

我默读着
我朗诵着
雪莱的大西洋
叶赛宁的俄罗斯

惠特曼的美利坚海

……

甚至于可怜到

戴望舒的上海

欧外鸥的香港

选自庄涌：《悲喜集》，1944 年（自印）

## 海棠溪

从密地

散布在你的山胁窝里

汽车的医院

汽车的旅馆

这是一条远征南洋

打通了中国后门的西南公路线

虽艰苦而不疲倦地

载着千万辆卡车

来回穿绕着

山川盘结的云贵高原

"自由中国"的一个鼻孔

呼吸着中国和外洋

手工和机械的出产

而在这路旁

缓慢而沉重地

拖动着大铁礤的

也仍是我所熟悉的农夫

当军用辎重车，疾驰而过

喷散着油烟

扫荡起尘沙……

他们毫不遮蔽地

抬起好奇的眼

在倩问着

那青色的油布幔里

神秘的货物

选自庄涌：《悲喜集》，1944 年（自印）

# 邹荻帆

|作者简介| 　　邹荻帆（1917—1995），湖北天门人，原名邹文学，笔名邹荻帆、狄凡、杨令、陆泉、德府等，诗人、翻译家。20 世纪 30 年代中期开始发表诗歌作品。全面抗日战争爆发后，参加中华全国文艺界抗敌协会。1940 年在重庆复旦大学外文系和经济系学习。中华人民共和国成立后，历任《文艺报》编辑主任、《世界文学》编委、《诗刊》副主编等职。著有长篇小说《大风歌》，长诗《在天门》，短篇小说集《风》《砍柴妇》《售血者》《悬崖》，散文集《忆奈良》《难忘的灯》《苦菜花和我》，诗集《在天门》《木厂》《尘土》《雪与村庄》《走向北方》《祖国抒情诗》等。

## 悦来场
——川江小景之一

像一个衰迈的老人，
悦来场

蹲踞在嘉陵江旁。

当冬天的羽翼，
——灰白而黯淡的羽翼，
抽击在赤砂盆地里，
低压的寒冷的大气
便驱赶着这山国里
稀有的金黄的阳光的影子，
山国的雾季是漫长的，
悦来场便蛰伏在
阴湿与寒冷里。

于是在悠久的阴湿与寒冷中，
老鼠遂滋生着，繁衍着；
这灰黑的狡黠的动物，
贪婪地啃噬人们的
箱笼，什物与衣服；
更大胆地到处蹀踏着，
像一个顽劣的绅士，
从衰朽的屋宇，
从污秽的沟渠，
穿行笼罩着雾气的街市
盗窃着居民的
不多余的粮食！

纵然兵燹与匪患
早沉埋于岁月的坟墓中，

但山民的日子是愁苦的——
听！
那如同要呕吐出肺腑的呛咳，
从茅屋的窗子，
从阴郁的陋巷，
从伛偻的背里，
从枯瘪的胸部……
飘在悦来场的每一个角落，
诉说着米珠薪桂的岁月。

而在将欲颓圮的街檐下，
匍匐着一些
脓疮与癫痫的患者，
当冰冷欲雪的黄昏里，
他们以乞怜的目光，
凝望着野店的温暖的灯火。

他们的心永恒地
企望走出寒冷与阴湿；
正如同这镇市一样，
——也和这山国里
千万个镇市一样，
渴望着那阳光辉耀的日子。

一九三九，冬天于川江道上。

选自 1940 年 10 月《现代文艺》第 2 卷第 1 期

## 乡村剧团

他拉开了幕布缝
向台下看，
空着一排凳子又一排凳子

他举起了手
吹打呵！
长颈的喇叭和大鼓
像送葬的抬着棺木
这个蒙着幕布的小舞台
要送葬到哪儿

昨天一晚
他赶编着三幕的浪漫悲剧
那是一个少年
爱着他自己的表妹
他的父母却许给他一个乡下缠脚女

今天
他忙着化装
他剃光了还有一片铁青的胡须
他扑着粉涂着油
要演那个风流的男子

女人
他望着他的饰着表妹的老搭档
哎，老了，老了
怎么能演这个小妮子

他拉开了幕布
向台下望

　　　第一排是维持秩序的警卫队
　　　第二排是半上流社会抽烟的女人
　　　第三排是嘶吵的孩子们
　　　第四排第五排……
　　　是一排排的凳子
他摇着头
唉，吹打呵……

还有谁来呢
这街上
一个害肺结核的爸爸死了
他的老婆孩子捶胸顿脚地哭着

一个年老的女人发疯了
口里念着骂着
吹着叫笛
从街上走过
她的后面孩子们扔着石块

一个受着丈夫虐待的女人

刚从池塘里救起来

她的丈夫耀武扬威地

像抓一个俘虏回去


还有谁来呢

拉开幕布吧

演你的悲剧


选自 1944 年《文境丛刊》第 1 期

# 邹　绛

|作者简介|　邹绛（1922—1996），四川巴县（今重庆巴南区）人。1940 年，考入内迁乐山的武汉大学外语系。1942 年，参加文谈社。1944 年从武汉大学毕业后，曾先后在乐山、万县（今重庆万州）、重庆等地中小学任教。中华人民共和国成立后，先后在西南人民艺术学院、中国作家协会重庆分会等单位工作，任《西南文艺》《红岩》《星星》《四川文学》等刊物的诗歌编辑。1963 年后，长期在西南师范学院任教，并从事翻译工作。其作品主要收录在《现代格律诗选》《邹绛现代格律诗选》两部诗集当中，译著有《黑人诗选》《聂鲁达诗选》等。

## 破碎的城市

趁着傍晚我攀上这城头上面的
楼阁，但对着这云雾低漫的宇宙
我却无法唱出我悦意的歌

破碎的城市冷寂地躺在脚下
像淹没了的彭贝城未被发现时一样
而那黑色的暗哑的河流，却在
它的身边几乎停止了搏动

浓重的云雾压着对河的山
压着没有钟声的庙宇，压着
麇集在每个屋脊下面的灰暗
而噤住了喉舌的生物

    我想歌唱
我想唱一曲充沛着热烈与光明的
歌，但对着这云雾迷漫的宇宙
我却无法调整我自己的音律

一九四〇年十一月·乐山

选自 1947 年《文艺》第 1 辑

# 给诗人

你曾以翱翔空间的恶魔自况
你曾写下明朗而轻快的诗篇
你曾自比作喇叭，要唤醒人间
你曾走海外，寻求慷慨的死亡

是的，人来自海洋又回归海洋
你们在陆上旅行也真像闪电
破开乌云层，破开窒息的长天
掣给我们一道道眩目的哀伤

我们有无数的亲友，他们死了
我们曾哀哀地哭泣，他们也曾
哀哀地哭泣，当他们亲友死了

但你们，你们的悲哀却是永存
像夜的海上孤灯点点地闪耀
像被风摇动的星群，泪光荧荧

选自 1948 年 7 月 16 日《大公报》（上海）副刊《文艺》


## 星夜之歌

一

我又望见星星了，当我们站立在
城墙上，当我们刚回来从那飞扬着
尘土和交错着光波和音波的街上

我又望见星星了，在我们的头上
在离开我们那么遥远的蓝天中

不停地为我们闪动着莹莹的泪珠

我们凭依在栏杆上，我们全都
疲乏了，但你说你看了一篇好文章

一个热烈地爱着美，爱着人民的
老人，寄居在南欧的一座海岛上
有一次站在渔夫的茅屋的白墙上
那么诚恳地他笑了，招呼着一株
淡红的蜀葵花：你好呵，在这家乡外
你生活怎样？然后又不禁惶惑了

我又望见星星了，但不是天上的
而是一颗更明亮的星星，老人星
充满着更多的爱，更多的温煦

我说那才是值得称为"人"的人
一个光辉的人格，不朽的美丽
一首崇高的诗歌，响彻着昏夜

但你说这样的人哪儿去寻找
我们短暂的快乐只存在想望中

二

我们站立在城墙上，我们全部
沉默了，我想着所描绘过的歌剧

那从你鼻孔中流出的甜美的歌声

我想起我们的生活原来就没有
音乐，像一片括走了树叶的荒林
荒林中有的是没有了水份的砂石

我又望见星星了，向着星星的
行列，我吐出了一口胸中的郁闷
我想起了一位年轻的诗人的诗

"中夜时一位天使高高地飞翔
而且他还在空中柔和地歌唱
弯弯的月，星群与团聚的云阵
全都谛听着他那神圣的歌声……"

我为你说起了由这样一位天使
唱着歌护送到人间的灵魂，终于
为了崇高的愿望而憔悴的故事

"因为天国里存在的谐和曲调
老是将地上沉闷的歌换不掉"
你说你仿佛记得那年轻的诗人
是在决斗时被人卑鄙地打死的
而在他死后，在那荒凉的山上
他的身体还遭到暴风雨的袭击

三

我又望见星星了，在我们的头上
在离开我们那么遥远的蓝天中
不停地为我们闪动着莹莹的泪珠

我很想告诉你，今天早上我坐在
对江的茶馆里偶然抓住的幻想
假如没有战争，没有榨取……
但是我却只讲了这一个笑话

一个老头子，脸孔像一个老南瓜
穿着褪色的地图一样的蓝大褂
向一个抱着孩子的年轻奶妈子
算命道："你的先生哪，今年需得
谨防勾绞星，七八十岁的大姑娘
十七八岁的老太婆都得少打堆！"

那么正经地俯身在凉棚下的桌子上
翻着命理书，同时摇动着笔杆
金色的阳光正游戏在他的脚边……

我又望见星星了，在我们的头上
在离开我们那么遥远的蓝天中
突然地为我们闪动着含笑的泪珠

而且我还听见了你的吃吃声

应和着星光下远远的江水的号啕……

1943 年 5 月于乐山

选自邹绛：《现代格律诗选》，天马图书有限公司，1993 年

# 邹绿芷

|作者简介| 邹绿芷（1914—1986），辽宁辽阳人，原名邹尚录，笔名费雷、贺新等。抗战前，曾在北京大学、清华大学等校学习，其间开始在《中流》等杂志发表诗歌作品。抗战初期，曾在军队从事战地文化工作，后到延安，入陕北公学学习。随后受组织委派回重庆，到育才学校任教。20 世纪 50 年代后，长期在中国福利会工作。出版翻译作品多种，诗作和散文散见于《文艺阵地》《文艺生活》《现代文艺》《国民公报》副刊《文群》等。

## 溪　晚

轻轻地，轻轻地，
揉搓着睫毛似的杉叶，
拨弄着柔媚的高粱叶，
舞动着禽爪形的竹叶，
晚风吹拂过南方的溪边。

随着晚风，向暮的冥色来了——

有如一只巨大的兽蹄，
迂缓地，笨重地，无声地，
冥色蠕动进山谷，
再偷偷地向大野爬去。

在朦胧的冥色里，
大地幽暗了，只有溪水，
任凭暗风吹皱面孔，
闪发着青铜色的光辉。

从怪石嶙峋的山径上，
孩童们牵着牛群下来了——
牛群把瓣形的蹄迹
遗留在潮湿的沼地上，
然后拍溅着水花，
再酣然而卧；孩童们
便一面驱赶着牛虻，一面
向凉爽的溪水伸进足踝。

片刻，溪边又寂静了，
昏暗的山谷消失了人声；
而当洁白的鹭鸶的翅翼
消溶在漆黑的夜幕里，
牛群没入了胡麻丛，
在山腰上开始跳动着
橙黄色的第一盏灯。

一九四一，七月川东。

选自 1941 年 8 月《现代文艺》第 3 卷第 5 期

# 纤　夫

嘿哟……
嘿嘿哟……
嘿嘿哟，嘿嘿哟……

带着浑雄的昂奋与悲抑，
向着旷野，
向着山谷，
向着镇市，……
歌声扬溢地来了！
伴随着这歌声而来的，是那
褴褛的弱瘦的纤夫的行列；
像是一群被流逐的罪犯，
被紧链在一条牢固的
长远不能挣的纤索！

于是从歌声飘出的地方，
在江涛奔流的峡谷里，
在巍巍峻峭的江岸上，
汗珠胶粘着鱼腥的水气，
他们拖拽着重载的船只，
悲哀地前进，喘息地前进，
不管是烈日焦灼的盛夏，

或是朔风寒冽江雨霏霏的日子。

而在暗伏礁石的江面上，
当船只回旋着，停滞在
险滩所激起的涡流里，
像是把肢体嵌入泥土，
他们弓屈着身子，把力量
聚集在脚趾上与手掌上，
急喘着，匍匐地爬行；
但是那重载的船只，
执拗的船只，甚至当他们
困累地因为用力而将身体
平铺在地面的时候，
依然停滞着，似乎是放纵地
玩弄着纤夫的壮实与年青！
更其地在山洪来到的日子，
当浊黄色的波浪
粗涨着江的发怒的面孔，
湍流便挥舞着狂乱的手臂，
摆布着那些纤夫的不可测知的
潘堡尔壮丁的一样的运命。

但是，在江上，纤夫的歌曲
却无止息地飘着，飘着，

飘向镇市里的"河街"上①，

飘向"河街"上的纤夫家小

所聚居的蓬户里，

飘向那无米为炊的嫠妇的心上。

飘向那些呛咳的贫血的

拾煤核的孩子的心里……

永恒地带着昂奋与悲抑！

嘿嘿哟，嘿嘿哟，……

嘿嘿哟，

嘿嘿哟，

哟……

一九四一年五月十二日于古圣寺

选自 1941 年 9 月《现代文艺》第 3 卷第 6 期

## 夜是清醒的

夜是清醒的，

虽然我的衣袋里没有夜光表，

可是我晓得夜的时辰——

在夜的心脏里，

我也是清醒的。

---

① 河街，沿江带的临时建起的茅篷而成的街市，多为船夫及穷人所居。——原注

我踽踽独行，我耐心地
听着我的脚步，和更夫的
梆子的韵律，我分辨得出
什么是夜的声音。

夜是清醒的，
夜并未曾睡熟啊——
为的是从那废墟上
所堆叠起的破屋的板壁里，
我清楚地听得出那些
"能言的工具"的各种声息：
而我知道，在这浓重的夜中，
那些吸血者更其不放松他们啊！
他们正焦灼而苦痛地辗转着，
你听：那翻转在臭虫，
跳蚤，虱子，横行着的
床板上的声音，那害着
肺痨的呛咳，和那些
琐碎的，模糊的，断续的呓语，……
唉！你们这些夜的幽灵啊，
你们在嘟哝些什么呢？
你们是在回味着白天的屈辱吗？
或者是在记忆着那当你们
拿着一只空空的米袋，骚扰
并且拥挤在粮食店门前的时候，
因为挨了警察的沉重的一击，
此刻便阿 Q 似的向他咒骂吗？

或者，夜在你们，并不是
为了休息与睡眠，但却是
倾倒你们的烦忧与愤怒的时间吗？

夜是清醒的，
而越是在这清静的夜里，
我越能听得出这些微弱的声音啊！
越是在这昏暗的夜里，
我也越能看见那些游走着的
无助的被榨压的夜的幽灵啊！
瞧！那一个在夜巷里狼狈的
踌躇着的女人：她的眼睛
无力地迷惘地睁着一个缝；
她的头发凌乱着；
她的双颊深陷着；
尘土蒙盖着她的衣角；
汗水沾污着她颊上的铅粉；
她还没有拉扯过一个像样的人，
可是困倦，饥饿已经使她
不能强颜为欢啦！
她守候在夜巷的石级上，
她是昏迷的。

可是夜是清醒的，
我也是清醒的，
我分辨得出什么是夜的声音——
我踏着夜的昏黄的光轮，

我的耳边除了这些忧伤

与喘息之外，蚊蚋还包围着我

营营地哄闹着，肮脏的老鼠

也到处钻窜着，搔抓着。……

虽然我的衣袋没有夜光表，

我知道我该走向我的逆旅了，

鸡还没有啼叫呢，

远处只有空洞的猖狂的犬吠，

梆子敲打了三下，

我知道这正是夜分！

一九四二年，四月十三日重庆。

选自 1942 年 7 月《现代文艺》第 5 卷第 4 期

## 雨

九月的雨像一个太委屈了的女人；

从黎明到夜晚，它一阵阵地哭泣，

它的泪淅沥地落着，落着，落着，

于是天空和溪流失去了秋天的明丽

城市和屋舍也都灰暗而又迷湿着，

住室潮湿得散发着马厩的气息。

它使孩子们不能在旷野里跳跃；

老年人都感觉着腿疼和腰酸；

它使家禽把头部埋入潮湿的羽毛里，
咯咯地啼叫在屋檐的下面；

它也使人们像烦厌长途旅程那么地
烦厌一切拍打着芭蕉叶上的，或是
油纸伞上的雨声，而且就是在梦里
心都想望着那有着大太阳的明天！

一九四四年九月十二日自贡

选自 1945 年 5 月《诗丛》第 2 卷第 1 期

# 左琴岚

│作者简介│　左琴岚（1923—?），四川成都人，原名纪宏春，笔名白易、黄沙文、左琴岚、左宏春等，生平不详。平原诗社成员。晚年居台湾。

## 新　叶

羞涩的娇小的新叶呀
静静地伫立在春天的岸上
沉默的凝想
梦幻的神秘的传奇呀

在那河岸底下的
噪哑的波流呀
辛苦的香客呀
正在鸣唱着喃喃的曲调
疲倦地跋涉着

呵　膜拜的虔诚的行旅呀

你是谒访新叶的林子的

这个新的圣地的


小小的石子呀

岸的衣衫底花纹呀

愉快的睡眠着

在青色所编织的床上

它是梦着金色的天国了

明亮的早上

用它乳白的雾底臂膀

拥抱着你

用它耀炫的光色

拥抱着你

用它平滑的肉体

拥抱着你呵


羞涩的娇小的新叶呀

可爱的婴儿呀

柔弱的风在轻轻地

抚摩着你裸赤的

幼嫩的肌肤呀

而那馨香的露珠

也在亲切地给你盥洗着


羞涩的娇小的新叶呀

密密的拥挤着

就正像着绿的年轻的姐妹

团围着呀

就正像神话里

成群的仙女跳舞着呀

我看见了你的睫眉

我也看见了你会说话的

星样的眸子呀

我也看见了你小小的嘴唇了

我看见在你的心扉上

是洁白而无邪的


你是才从天国的殿庭出嫁的

你是如此无玼呵

你这被娇养的漂亮的公主呵

我看见了你

我是被攫抢了

我是迷惑着你了呵


羞涩的娇小的新叶呀

春天的襁褓呀

生命的象征呀

我仿佛看见你坐在红色的帆里

漂浮在蓝色的天空的泡沫里了


一九四二年三月

选自 1941 年《诗垦地》丛刊第 4 期

## 滚滚的沱江呀

一

滚滚的沱江呀
俚俗的野孩子呀
匆匆的卤莽的跑跳着的
　　　行客呀

绿色的波浪
凶恶的
蛮横而肆意的
撞碰着的波浪呀
嚇嚇的滚动
就像是被追逐一般的惊慌
就像是一个亡命徒呀
它用力地猛烈地拍打着
岸的泥沙
它似乎要击毁它呀

不平的兀立的岸
土质不坚的岸
它是日益衰颓了
现在支持它的只有

卵石和芦苇了
苍老的岸呀

滚滚的沱江呀
偏见的歪曲的沱江呀
蒙昧的固执的沱江呀
错误地认识着
岸就是自由的枷锁呀
无知的沱江呀
铭镌在直正的心上的
是如此的愚蠢呀

滚滚的沱江呀
在那丛密的杂木林里底
在那黄昏的绚绮里底
滚滚的沱江呀

二

高旷而苍蓝的秋天
沱江是被打扮着
像是一枝可爱的花朵
一枝娇艳的野花
澄清的苍穹
澄清的沱江
透明的秋天呀

秋天

妩媚的秋天

红色的芦花开放着

密密的芦花

好像是云集的旆旗招展着

蓬发的单调的芦花

快乐的芦花

秋天是给你的

棕色的菻草

也在石子隙间拥抱着

秋天也是给你的


秋天逗留在棕红的岸上

秋天慢行在棕红的岸上

平坦的荒芜的岸

杂乱的失修的岸呀

被江流抢劫了的岸呀


但是

岸不是这么的单纯

沱江是有绿色的岸的

沱江的岸是有

秋天的绿色的

哦，繁杂的林木

错乱的林木

异色的综合的排并的林木呵

笔直的棲树

低矮的杨槐

粗壮的榆树

细小的柳树

所编织成的林木呵

静静的集聚在陡堤上

静静的哑喑的想着


秋天就熟睡在林木的上面

秋天也徘徊在黄色的

红色的枝叶中间

秋天正在梦着呢

馨香的梦在林木的边缘

涂上了痕迹


秋天曾在沱江的岸上

渲染着淡淡的彩色

美丽的彩色呀


三


岸上

也开着小小的花

红色的蓝色的花

黄色的白色的花

玲珑小女孩似的花

怯惧的小妹妹呵

很怕羞的站立着的小妹妹呵

成群的鸟雀
明亮的叫唤
秋天的合唱队呀

岸上
也排着芦竹的行列
肥大的竹叶
仿佛就是古代的
中世纪的骑士的队伍
端正的芦竹的队伍

遥遥的高高的
鸟雀的影子
小小的斑点呵

遥遥的乳色的
婀娜的烟雾
白色的香粉呵

# 四

沱江的居民
贫穷的居民
原始的居民呵
被频年的灾患所抢劫了的
　　居民呵
无辜的罪犯呵

在他们生活的账单上
是记着长串的艰苦呵

那些低小的屋子
是用高粱秆和玉米秆
所搭成的
屋顶的稻草
也是腐朽不堪的
它的形状
简直就像是骷髅呵
它是骨瘦如柴的呵

瘠病的沙土
那不装水的沙土呵
是极其疏松的
生命的膏脂是被沱江所掳走了
在它的上面所种植的是芹菜
萝卜和白菜

疾病的沱江呵
贫血的居民呵

五

然而
那些经常着着土布的衣衫
系着灰色的头巾

穿着麻绳的草鞋

褛襜而臃肿的沱江的居民

他们是极端的善良

他们是像儿童一样的无邪的

他们常燃着叶烟

亲密的讲说着

辽远的神秘的传奇

繁复的呛咳着

他们是很坚韧的


当晚上

当闲暇无事的时候

年老的祖父

常常喜欢给他的小孩儿们

冗长的唠叨的讲着

李冰和龙王

八仙捉盗

孙悟空或包公的故事

他讲着

从他的神气中间

是很诚挚的

而在他苍白的胡须上

也被溅上了泡沫

他们在他的周围

出神地聆听着

他们的小小的心灵

便也随它而跳跃了

这位迈龄的老人
是很强壮的呵
当东方才发白的时候
他便用他枯干了的老手
淘洗着他亲自种植的菜蔬
然后慢慢的
跄踉的向市上挑去

勤苦的老人
沱江的老人
中国的老人
被过度的操作所折磨了的
被残酷的匪徒所打劫了的
　　老人呵
贫穷的门关住的老人呵

六

乌黑的木船靠在浅滩上
漂泊的流浪的生命呀
老练的行旅呀
披着满身风霜的过客呀
装载着货物
长长的斜卧着
当红色的傍晚
从那旧色的竹制的顶篷上

是轻轻的涂抹着
神话一般变幻的炊烟
年老的木船
小小的破旧的船呵

沱江的黄昏是腊红的呵
太阳爬行在蓝山上
绯红的奇幻的黄昏
江色跳跃着金似的光波
醉人的沱江的黄昏呵

一只翠色的鸟
疾速的降下在江面上
但疾速的又飞开了
呵
伶俐的江流的宾客
你好

七

沱江是如此哑然的滚滚着
美丽的沱江
□恋的沱江呀
就像是娇艳的但狠凶的
国王的女儿呀
野性的公主呀

我是一个时常来拜访的过客

一个极其平常的过客

我看见你可爱的面容了

我看见你屈曲的躯干了

我也看见你疾迈的步子了

我看见你着魔似的疯癫似的

疾跑着

我看见了汹涌的浪花了

我默默地为你祈祷着

我祈祷你的命运是快乐的

而我看见你仓促失措的样子

我是断定你是赶赴黎明宴会的

我祝福你要珍重呵


滚滚的沱江呀

俚俗的野孩子呀

匆匆的卤莽的跑跳着的

　　行客呀


一九四一年十一月

选自 1941 年《诗垦地》丛刊第 4 期